내일의 무게

청소년 테마 소설
내일의 무게

1판 1쇄 2014년 8월 5일 | 1판 9쇄 2023년 11월 27일
글쓴이 김학찬 김해원 오문세 장주식 전삼혜 정연철 최서경
책임편집 원선화 | 편집 서정민 엄희정 이복희 | 디자인 김이정 이지선
마케팅 정민호 서지화 한민아 이민경 안남영 왕지경 황승현 김혜원 김하연 김예진
브랜딩 함유지 함근아 고보미 박민재 김희숙 박다솔 조다현 정승민 배진성
저작권 박지영 형소진 최은진 서연주 오서영 | 제작 강신은 김동욱 이순호 | 제작처 영신사
펴낸곳 (주)문학동네 | 펴낸이 김소영
출판등록 1993년 10월 22일 제2003-000045호
주소 10881 경기도 파주시 회동길 210
전자우편 kids@munhak.com | 홈페이지 www.munhak.com
카페 cafe.naver.com/mhdn | 북클럽 bookclubmunhak.com
인스타그램 @kidsmunhak | 트위터 @kidsmunhak
대표전화 (031)955-8888 팩스 (031)955-8855
문의전화 (031)955-3576(마케팅) (02)3144-3238(편집)

ISBN 978-89-546-2543-2　03810

청소년
테마
소설

내일의 무게

김학찬
김해원
오문세
장주식
전삼혜
정연철
최서경

문학동네

| 차 례 |

오 문 세 … 잠시 막을 내리다

지난주에 3킬로그램이 추가로 찌면서 내 몸무게는 최후의 방어선을 맹렬하게 돌파했다. 언제나 건강함과 넉넉함의 경계를 아슬아슬하게 넘나들다가 결국은 일을 내고야 만 것이다. 이제 나는 공식적인 1단계 비만이었다. 내 몸을 균형 잡힌 식단으로 간신히 유지시켜 주던 후원자가 저 멀리 오지의 땅으로 떠나 버린 탓이다.

베란다 구석에 처박혀 있던 전신 거울을 낑낑거리며 끌고 와 대면한 여자의 포동포동한 몸은 짐작하던 것보다 더 추했다. 아빠의 출장은 보름이나 남아 있었고 따라서 나의 후원자도 보름 정도는 집으로 돌아올 수 없었다. 엄마가 오기 전까지는 계속해서 악화될 게 뻔했다.

솟구치는 식욕은 단순히 내 의지로 제어할 수 있는 게 아니었다. 의사는 이걸 병이라고 했다. 그 이름도 거창한 스트레스성 폭식증. 엣지 클럽의 개년들이 나란히 불의의 사고로 나자빠지지 않는 이상 나의 이 거창한 병도 결코 나자빠지지 않을 것이 분명했다. 열일곱이나 처먹어 놓고 엣지 클럽이라니, 유치한 년들.

그러나 바로 그 유치한 년들이 내 인생을 심각하게 만들고 있는 주범이라는 게 아이러니다. 난 그냥 친구 애인이니까 친절하게 대했을 뿐인데, 난감하다 얘. 휴일이면 기가 막히게 차려입고 거리로 나와 남자들을 홀리는 엣지 클럽의 리더 킬힐은 사실 내 친구이기도 하다. 킬힐이라는 별명은 지가 지한테 붙인 거다. 엣지 클럽이라는 참을 수 없는 이름을 생각해 낸 것도 이년이다.

사람 마음이라는 게 정말 어렵다, 그치? 내가 어떻게 할 수 있는 문제도 아니고. 잘 사귀고 있던 남자친구를 두 번째 빼앗아 가면서 킬힐은 이렇게 말했다. 이런 걸로 우리 우정에 금 가는 일 없었으면 좋겠어. 나는, 괜찮아 난 쿨하니까! 하고 병신 같은 대꾸를 하면서 웃었다. 금이 간다면 우리 우정보다는 네년의 그 반반한 낯짝에 갔으면 좋겠다, 하고 저주의 말을 퍼붓지는 못했다. 왜냐고? 난 쿨하니까!

이 쿨한 여자의 뱃살은 불행히도 별로 쿨하지 않다. 나는 고통스러운 심정으로 속옷만 입고 서서 전신 거울을 노려보았다. 폭식으로 살이 찐 몸을 보고 있으니까 스트레스가 쌓였고, 스트레스가 쌓이니까 다시 폭식이 하고 싶어졌다. 나는 값비싼 전신 거울을 깨부수며 난동을 부리는 대신 근처 치킨집에 양념 치킨 한 마리와 1.5리터짜리 콜라를 주문하기로 했다.

우울한 주말이었고 아무도 만나고 싶지 않은 밤이었다. 아무도 만나고 싶지 않은, 에는 물론 사랑하는 양념 치킨과 콜라를 싸 들고 오는 배달원도 포함되어 있다. 나는 배달원과 마주치는 일이 없도록 휴대전화로 음식값을 미리 계산하고는 전달 사항에 문 앞에 두고 가 주세요, 라고 적었다.

치킨을 기다리는 동안 시간이나 때울까 싶어 거실 바닥에 베개를 끌어안고 눕는다. 텔레비전의 연예 뉴스는 어제 나를 하루 종일 절망에 빠뜨렸던 인기 남배우의 깜짝 결혼 소식을 특종으로 전하는 중이었다. 상대는 같은 드라마에 출연했던 미모의 여배우로, 나 같은 건 감히 댈 수도 없는 눈부신 여자다.

"어떻게 니가 다른 여자를 만날 수 있어?"

나는 눈물을 글썽이며 텔레비전의 화면을 향해 소리친다.

"복수할 거야."

표독스러운 표정으로 주먹을 쥐고 부들부들 흔들어 보인다. 그러다가 고개를 갸웃하고 자세를 바꾸어 본다. 직접 이렇게 이글거리는 몸짓을 하는 것보다는 조용히 냉기를 품고 입을 닫는 게 효과적일 것 같다.

폭식증으로 몸을 망치기 전까지 나는 아직 발굴되지 않은 연극계의 진주였다. 이제는 그냥 발굴될 필요가 없는 연극계의 돌멩이다. 그냥 돌멩이도 아니고 1단계 비만의 돌멩이. 그래도 가끔은 아무도 보지 않을 때 혼자만의 연기에 빠져들곤 한다. 중학교 때는 정기적으로 공연을 하는 연극 동아리가 있었는데 고등학교에 올라오니 실질적으로 운영되는 동아리가 하나도 없었다. 다들 독서부니 바둑부니 하는 데에 들어가서 밀린 숙제나 코앞에 다가온 시험의 벼락치기를 할 뿐이다.

아, 재미없는 인생들. 그렇다고 내가 뭐 특별히 재미있는 인생을 살고 있다는 건 아니지만. 한참 텔레비전을 보며 연기에 심취해 있다가 휴대전화를 집어 들고 채팅 애플리케이션을 실행시킨다. 요즘 학교에서 유행 중인 건데 근처에 사는 아무나 무작위로 연결해 문자로 대화를 할 수 있게 해 준다. 비슷한 인기 애플리케이션이 많지만 이건 아직 많이 알려지기 전이라 그런지 쓰는 사람은 거의 다 우리 학교 애들이다.

조금씩 밖으로 나가는 시간이 줄어들면서 낯선 사람들과 이야기를 나누는 시간이 늘었다. 그렇다고 아무하고나 채팅을 하는 건 아니다. 학교 애들이 대부분이라지만 제대로 된 대화를 하려면 여러 번 상대를 바꿔 가며 탐색전을 해야 한다. 몇 마디 나누지도 않았는데 연결이 끊어지거나 이상한 도박 사이트를 홍보하는 자동 스팸이 보일 때가 많다. 서로에 대한 정보가 전혀 없다 보니 대뜸 음담패설을 들고 오는 변태가 걸리기도 한다.

—안녕! 좋은 밤이지??

무턱대고 20/ㄴㅈ, 15/ㄴㅈ, 이런 식으로 나이와 성별 먼저 들이대는 작자가 아니면 반은 성공한 셈이다. 별로 좋은 밤은 아니었지만 나는 ㅇㅇ 좋은 밤, 하고 꾹꾹 문자를 찍는다.

—뭐 하고 이썽??

난 아직 일하는 중인데ㅠㅠ

상대도 나처럼 휴대전화에 이골이 난 실력자인지 대답하는 속도가 빨랐다. 나는 엎드린 자세로 바꿔서 장난스럽게 버튼을 누른다.

—난 너랑 채팅하는 중ㅋ

—ㅋㅋㅋ

그 전에는 뭐 했는데??

—연극 연습

—오! 연극??

배우임??

—ㄴㄴ 학생

두 개씩 찍히는 물음표가 왠지 호들갑스러운 인상을 준다. 나는 탐색전 없이 바로 연결된 익명의 상대가 마음에 들었다. 이러다가 기습적으로 변태 같은 이야기를 꺼내 드는 경우도 아예 없지는 않지만, 일단은 안심이다.

—연극은 취미??

학교 공연이라도 있는??

—아니 하고 싶어도 할 기회가ㅠ

우리 학교는 연극부 활동이 없어서...

너도 이 근처 여고 다녀?

이거 거기 애들이 진짜 많이 하던데

—난

까지 찍히고 연결이 끊어진다. 새로운 상대를 찾는 중입니다, 라는 메시지와 함께 다짜고짜 43/ㄴㅈ 섹파 구함, 하고 지르는 변태 아저씨와 연결이 된다. 나는 넌더리를 내며 그 나이 처먹고 잘하는 짓이다, 라고 치고는 휴대전화를 껐다. 그리고 거의 동시에 아주 반가운 소리가 들려왔다.

"배달이요!"

양념 치킨이 아직 개발되지 않았던 시절의 사람들은 도대체 뭘 먹고 스트레스를 풀었을까? 단언컨대 이건 여자들의 행복을 관장하는 자애로운 신이 만든 게 분명하다. 아니면 비만 지옥의 악마가 만들었든가. 나는 최대한 편한 자세로 누워서 치킨을 손에 들고 텔레비전을 본다. 내 마음을 아프게 하는 남배우의 결혼 소식만 와르르 쏟아 내던 연예 뉴스는 어느새 유명 여배우의 화보집 촬영 장면으로 넘어가 있다.

"배우면 연기나 할 것이지 화보집은 왜 찍어?"

혼잣말을 구시렁거리며 깨끗하게 발라 먹은 치킨 뼈다귀를 봉지에 던져 넣는다. 화보집을 찍기 위해 포즈를 취하는 여배우의 예쁜 얼굴을 보다가 나도 모르는 사이에 킬힐을 떠올린다.

킬힐과 나는 중학교 다닐 무렵에 같은 반이었던 적이 있다. 내가 아직 날씬하고 자신감이 넘치던 시절이었다. 킬힐은 어느 반에서나 한 명쯤 찾아볼 수 있는 칙칙하고 우울한 아이였다. 물

안경처럼 큰 안경에 빡빡하게 땋아 내린 머리, 그리고 콧잔등까지 내려오는 진한 다크서클이 피곤한 인상을 주었다. 나는 킬힐이 딱하다고 생각했고 그래서 몇 번 같이 점심을 먹었다. 보이는 것처럼 우중충하고 말을 잘 더듬는, 반전의 재미가 없는 심심한 아이였다.

두 해가 지나고 고등학교에서 다시 만날 때까지 킬힐은 내 머릿속을 완전히 떠나 있었다. 반짝거리는 검은 산발의 미소녀가 나 기억 못 하겠어? 우리 진짜 친했잖아! 하고 말을 걸어왔을 때 기억이 하나도 나지 않았던 건 당연하다. 전혀 중요하지 않은 인물들 항목 사이에 깊숙이 쑤셔 박힌 킬힐의 데이터를 복구하는 데는 반나절의 당혹스러운 시간이 필요했다.

킬힐은 양옆에 바비 인형처럼 생긴 패거리를 끼고서 나를 엣지 클럽이라고 명명한 자기 그룹에 마음대로 포함시켰다. 첫 번째 남자친구를 빼앗긴 직후에도 내가 킬힐을 잘나가는 패거리에 넣어 준 고마운 친구라고 생각하고 있었다는 게 분통 터진다. 혓바닥에 칼날을 2,500개 정도는 숨겨 놓고 다니는 독사 같은 년이었다.

킬힐의 모델 같은 면상을 떠올리자 먹고 있는데도 식욕이 꾸역꾸역 밀려 올라왔다. 단숨에 치킨의 반을 해치운 나는 더 먹기 전에 조금 쉬기로 했다. 이렇게 하지 않으면 포만감을 느낄 틈이 없어서 틀림없이 한 마리를 더 시켜 먹게 될 게 뻔했기 때문이다.

나는 숨을 고르고 휴대전화를 꺼내 채팅 애플리케이션을 실행

했다. 변태, 광고, 끊어짐, 변태, 끊어짐을 거쳐서 만난 상대는 이렇게 말을 걸었다.

—안녕! 좋은 밤이지??

아무리 근처의 사람들을 이어 주는 프로그램이라지만 같은 사람을 또 만날 가능성이 얼마나 될까? 나는 조금 놀란 표정으로 이렇게 적는다.

—아직도 일하는 중?

—누구??

—연극 연습

—헐?? 아까 그 배우??

—ㄴㄴ 학생이라니까

—이야 이런 경우가 다 있네??

우리 무슨 인연이 있나 봐

상대가 반가운 기색으로 말을 했기 때문에 기분이 좋았다. 나는 궁금했던 걸 묻는다.

—무슨 일 해? 아까 갑자기 튕긴 거 같던데

—그냥 가게에서 일하는 중임

이상하게 이 어플 자주 튕기더라고??

넌 안 그래??

—혹시 와이파이?

—ㅇㅇ

—그게 좀 거지 같음ㅋㅋㅋ

이 근처 무료 와이파이는 거의 다 그렇다. 나도 무제한 요금제로 바꾸기 전까지는 거지 같은 와이파이에 매달려 살아서 잘 알고 있다. 상대는 내 이야기를 듣더니 안심한 듯 말했다.

—난 또 내 폰이 맛이 간 줄

아직 약정도 일 년 넘게 남았는데

그리고 몇 마디 주고받는 동안 나는 상대와 내가 꽤 잘 통한다는 걸 알았다. 우리는 비슷한 장르의 음악을 즐겨 들었고 같은 드라마를 시청 중이었다. 이 어플을 쓰는 걸 보면 사는 곳도 가까울 터였다. 십 분 정도 대화를 이어 가다 보니 나는 언제 튕겨도 아쉬울 게 없던 익명의 상대가 조금씩 아쉬워졌다.

—너 또 튕기기 전에

메신저 아이디 교환할래?

—ㅇㅋ 콜!

내 아이디 titicaca

—난 eponine

—에포나인?? 너 무슨 외국인임?? ㅋㅋㅋ

eponine이 뭔지 자세히 설명해 줄 수도 있었지만 귀찮아서 그냥 아무 대꾸도 하지 않는다. 메신저에 titicaca를 등록시키자 상대는 가게 닫을 시간이 다 되었다며 다음을 기약하고 대화창에서 나갔다. 나는 휴대전화를 끄고 편한 자세로 누워 다시 치킨을 뜯는다.

텔레비전은 예쁘장하게 생긴 젊은 여자가 하늘하늘한 옷을 입고 뮤직비디오 촬영에 한창인 장면을 내보내고 있다. 이제 스물한 살이라는 가수는 열여섯에 공중파를 타서 그다음 해에 바로 데뷔한 실력파였다. 남이 준 곡으로 어설프게 립싱크나 하는 다른 아이돌과는 차이가 있었다.

가수가 데뷔하던 때에 나는 열세 살이었고, 작고 앳된 당시의 가수가 꿈을 이루기 위해 피 터지게 노력한다는 내용을 담은 감동적인 다큐멘터리 시리즈를 조마조마한 심정으로 지켜본 적이 있다. 나도 저 나이쯤 되면 무언가 되기 위해 부딪히고 깨지고 넘어지며 도전하고 있지 않을까, 하는 은근한 기대를 품고서.

재능이 있다는 칭찬을 많이 들었어요. 하지만 그건 저한테 별로 의미가 없는 말이에요. 저는 아무것도 타고나지 않았으니까요. 열심히 하는구나, 포기하지 않는구나, 그런 말을 듣고 싶어요.

막 댄스 교습을 끝낸 열일곱의 여자아이는 얼굴에 뒤범벅된 땀방울을 수건으로 대충 닦아 내고 카메라를 보면서 또박또박 이렇게 말했다. 지금도 토씨 하나 틀리지 않고 그대로 떠올릴 수 있다. 그때는 그저 감탄할 뿐이었지만, 지금 다시 생각해 보니 남이 써 준 대본을 그대로 읊은 게 아니었을까 하는 의혹이 강하게 든다. 열일곱 먹은 여자애는 어쨌거나 자신을 찬양하는 내용의 칭찬이라면 재능이든 노력이든 저울질하지 않고 모두 받아들이기 마련이니까.

열일곱.

연습실에서 끝도 없이 노래와 춤을 쏟아 내던 어느 여자아이는 자신의 꿈을 이루기 위해 위대한 한 발짝을 내딛었다.

다시 열일곱.

그 아이를 보며 막연히 미래를 점쳐 보던 다른 여자아이는 살이 뒤룩뒤룩 찐 몸으로 치킨을 뜯으며 뮤직비디오 촬영 중인 잘난 가수를 욕하는 중이다.

자신의 귀싸대기를 후려갈기고 정신 차려 이년아! 하고 충고해서 정말로 정신이 차려진다면 그렇게 했을 거다. 나는 그러는 대신에 채널을 다른 곳으로 돌리고 손에 든 치킨을 무자비하게 발라 먹음으로써 깊이 누적된 스트레스를 조금이나마 덜어 낸다.

학교에서 가르치는 지식 중에 쓸모 있는 것들은 죄다 초등학교에서 배운다. 염병할 놈의 장마철이 왜 주기적으로 찾아오는지 궁금해한다거나 찢어진 달력의 날짜를 맞히려는 덜떨어진 짓만 하지 않으면 고등학교씩이나 나올 필요가 없다. 45명의 학생들 중 이십몇 등에 간신히 발을 얹어 두고 있는 내가 이렇게 생각하는데 내 뒤로 늘어선 나머지 스무 명이 어떻게 생각하고 있을지는 굳이 물어보지 않아도 뻔한 일이다.

오늘따라 유난히 지겨운 수업들이 이어졌다. 점심시간 끝자락에 나온 킬힐의 초대가 이상하게 솔깃했던 건 그래서일까.

"학교 앞에 새로 생긴 노래방 가 봤어? 시간 완전 많이 준다던데. 음료수도 무한 리필이래."

킬힐의 양옆에 달라붙은 바비 인형들이 여느 때처럼 어머어머, 대박, 웬일이니 따위의 멍청한 추임새를 넣으며 분위기를 돋운다. 나는 돈 걱정 말고 같이 가자는 킬힐의 제안을 못 이기는 척 받아들였다.

요즘 손에 잡히는 대로 입에 쑤셔 넣는 거 말고는 딱히 기분을 풀 일이 없었던 탓이다. 킬힐에게 두 번이나 남자친구를 빼앗긴 후로는 더 이상 엣지 클럽하고 엮이고 싶지 않았지만, 공짜로 마이크를 쥐여 준다는데 거절할 이유가 없지 않은가. 음료수도 무한 리필 되고.

담임은 특별한 사유가 없으면 야간 자율학습 시간에 남아서 미래를 대비하라는 판에 박힌 말로 종례를 마쳤다. 물론 엣지 클럽과 나는 특별한 사유가 있었다. 와글와글 떠드는 아이들 틈에서 바쁘게 집에 갈 준비를 마친 우리는 교문 앞에서 다시 만나기로 하고 헤어졌다. 번거롭게 집에 들렀다 오기로 한 건 교복 차림으로 노는 게 촌스럽다는 킬힐의 강력한 주장 때문이었다.

집으로 와서 교복을 벗어 던지기는 했지만 딱히 입고 나갈 옷이 보이지 않는다. 예전에 외출할 때 입던 옷들은 이제 몸에 꽉 끼어서 입을 수가 없다. 그렇다고 집에서나 입는 너저분한 박스

티를 걸치기는 싫었다. 고민 끝에 옷장 안에 있는 외출복 중에 가장 헐렁한 옷을 꺼내 최대한 숨을 참고 욱여 입기로 했다.

현관으로 나가면서 어제 힘겹게 꺼내 온 전신 거울에 슬쩍 비치는 스스로의 모습을 보았다. 보지 않으려고 해도 어쩔 수가 없었다. 불편하게 서 있는 나는 어딘가 아픈 사람처럼 보였다. 옷은 전에 입고 다닐 때처럼 예뻤고 나는 그때보다 살이 좀 쪘을 뿐이지만, 지독하게 어울리지 않았다. 나는 거울을 돌려 세워서 우연하게라도 이쪽을 비추는 일이 없게끔 해 놓고 밖으로 나온다.

제시간에 맞춰 학교 앞에 도착했는데도 킬힐이 아직 오지 않아서 십 분 정도를 더 기다렸다. 못 보던 평상복으로 갈아입고 나온 킬힐은, 인정하기는 싫지만 정말 예뻤다. "인터넷으로 산 건데 어때? 어울려?" 하고 킬힐은 속내가 빤히 보이는 질문을 한다. 약속이나 한 것처럼 바비 인형들이 나서서 킬힐의 외모에 대한 찬사를 늘어놓았다. 나는 마지못해 "잘 어울리네." 하고 딱 한 마디만 해 줬다.

새로 생긴 노래방은 주인이 곱게 생긴 아주머니였고 내부 인테리어도 깔끔해서 금세 마음에 쏙 들었다. 생긴 지 얼마 안 됐다고 들었는데 그새 소문이 퍼졌는지 방들이 거의 다 차 있었다. 아주머니가 "마침 4인실 한 자리 비네. 이쪽으로 와요." 하자 킬힐이 웃으며 고개를 저었다.

"아뇨, 기다릴 테니까 더 큰 방으로 주세요."

하여간 까다로운 년.

조금 뒤에 우리는 네 명이서 쓰기에는 좀 넓은 방으로 안내받는다. 킬힐은 방을 둘러보고는 "잠깐 놀고 있어 봐." 하더니 휴대전화를 귓가에 대며 밖으로 나갔다. 나는 염치없는 바비 인형들이 내가 부르고 싶은 노래까지 우르르 예약하기 전에 몇 개라도 맡아 두기 위해 아무 최신 곡이나 하나 찍고서 "먼저 불러." 하고 마이크를 넘긴다. 신이 난 바비 인형들의 노래가 끝나 갈 때쯤에는 두 곡 정도를 선점할 수 있었다.

오랜만에 망가져 볼까 하고 미친년처럼 머리를 흔들며 댄스곡을 부르고 있을 때였다. 어딘가로 나가서 보이지 않던 킬힐이 남자애들 세 명을 데리고 방으로 들어왔다. 셋 중에 하나는 나도 잘 아는 얼굴이었다. 나는 노래를 하다 말고 멈춰 서서 당혹스러운 표정으로 킬힐을 보았다.

"우리끼리 노는 것도 좋지만 이쪽이 더 재밌을 거 같아서 불렀어. 괜찮지?"

호들갑을 떠는 바비 인형들과 섞여 나도 떨떠름하게 고개를 끄덕인다. 반주가 시끄러워서 제대로 된 대화를 할 수는 없었다. 내가 아는 얼굴은 "오랜만이네." 하고 인사했고 나도 "그러게." 하고 고개를 끄덕였다. 그뿐이다. 나는 화장실에 간다는 핑계를 대고 부르던 노래를 취소한 뒤 밖으로 나왔다.

"역시 무리였지? 쟤들 그냥 가라고 할까?"

킬힐이 뒤따라 나오며 묻는다. 망할 년. 지금 이 순간만큼은 전 남자친구의 얼굴을 보는 것보다 킬힐의 얼굴을 보는 게 더 싫었다. 나는 "아냐, 괜찮아. 재밌게 놀아. 나 먼저 집에 갈게. 오늘 아침에 예상보다 그게 빨리 터졌거든. 몸이 영 안 좋네." 하고 말도 안 되는 핑계를 대며 돌아섰다.

재수 없는 날은 뭐가 꼬여도 단단히 꼬이는 모양이다. 노래방 건물 앞까지 나와서 휴대전화를 두고 왔다는 생각이 퍼뜩 들었다. 차라리 지갑 같은 걸 두고 왔다면 나중에 가져다 달라고 전화라도 하겠지만 휴대전화라니. 나는 번개같이 들어갔다가 나올 심산으로 천천히 킬힐과 킬힐의 현 남자친구가 있는 방으로 돌아갔다.

"존나 밥맛 떨어진다."

하필이면 내가 문고리를 잡아 돌리려는 순간 귀를 잡아끄는 소리가 새어 나온다. 전 남자친구의 목소리다.

"재는 어떻게 된 게 하루가 다르게 못생겨지냐. 씨발 난 무슨 노래방에서 돼지 새끼를 키우나 했다."

킬킬거리는 소리.

"같이 가자니까 좋다고 따라오던데? 자존심도 없나. 무슨 생각인지 모르겠다니까."

"은근히 즐기는 거 아냐? 마조히스트? 뭐 그런 거 있잖아."

"아, 기분 나빠."

나는 노래도 안 부르고 열심히 없는 사람을 씹고 있는 여섯 명의 꼴 보기 싫은 연놈들이 있는 방으로 들어간다. 방금 전까지 웃음꽃을 피우며 즐겁게 담소를 나누던 애들이 아무 말도 하지 않고 굳었다.

"뭐 좀 찾으러 왔어. 신경 쓰지 말고 재밌게들 놀아."

나는 바닥에 떨어져 있던 휴대전화를 찾아서 주머니에 넣고 가볍게 손을 흔들어 보인 뒤 밖으로 나왔다.

후두둑 후둑. 시원한 바람이 부는 가을 하늘에서 뜬금없는 빗방울이 떨어진다. 나는 아까 부르다 말았던 댄스곡을 흥얼거리며 집으로 향한다. 비가 올 거라는 얘기는 없었는데 줄줄 쏟아져 내린다. 어디서 이렇게 많은 비가 오는 걸까. 천천히 걸어가며 생각한다. 바쁘게 주변을 오가는 사람들의 시선이 죄다 이쪽으로 와서 꽂힌다.

어쩌면 킬힐은 나를 용서할 수 없었던 걸지도 모른다. 세상을 향해 잔뜩 날을 세우던 시기에 어쭙잖게 다가와서 친구 행세를 하다가 곧바로 잊어버린 죄로. 그렇다고 해도 이런 식으로 잔인하게 보복할 필요는 없지 않은가? 더군다나 싸울 의지도, 그럴 만한 능력조차 없는 사람에게.

"아가씨 괜찮아요?"

길을 가던 누군가 다가와서 물었다. 모든 사람들이 나에게 이렇게 묻는다. 그러면 나는 항상,

"괜찮아요."

하고 대답해 버린다. 전혀 괜찮지 않아도 그렇게 대답해 버린다. 빌어먹을 빗방울을 소매로 쓸어 내고 나는 다시 영원히 이어지는 것만 같은 길을 걷는다.

—뭐 그런 애들이 다 있냐??

고집스럽게 박아 넣은 물음표 두 개가 묘한 위로가 된다. 나는 주말에 무작위 채팅에서 만난 titicaca를 찾았다. titicaca는 자신의 아이디가 어딘가에 있는 사랑스러운 호수의 이름이라고 설명했다. 보이는 그대로 티티카카, 하고 읽으면 된다면서. 언젠가 꼭 한번 찾아가 보려고. eponine은 어떻게 지은 이름이야? 티티카카가 물었지만 나는 나중에 설명해 주겠다고 둘러대고는 킬힐의 패거리들과 있었던 일로 화제를 돌렸다.

티티카카는 우연히 두 번 연결되었을 뿐인 내가 무턱대고 늘어놓는 한탄을 끝까지 들어 주었다. 처음에는 킬힐 욕만 하고 말 생각이었는데 와, 나쁜 놈들, 인간도 아니네, 등등의 추임새가 기분이 좋아서 이것저것 시시콜콜한 이야기들까지 죄다 꺼내고 만다. 연극을 좋아하는데 무대에 설 기회가 없어서 슬프다. 난 원래 꽤 괜찮게 생긴 편인데 살이 쪄서 못생겨졌다. 아빠 출장 때문에 두 달 동안 집에 혼자 있었는데 두 분은 나한테 신경을 너무 안 쓰는 것 같다. 이런 것까지 말해도 될까, 싶다가도 어차피 모르는 사람인데 어때, 하는 묘한 자신이 붙었다. 그래서 그렇게 말했더니 티티카카는 ㅋ을 50개 정도 찍고 나서 이렇게 대답했다.

—너 그래도 조심하는 게 좋을걸??

이 채팅 어플

근처에 있는 사람끼리 엮는 거라는데

너네 옆집에 내가 살고 있을지도 모르잖아??

—그럴 리가

—말 나온 김에 확인해 보고 와야겠음

너 누가 벨 누르면 나인 줄 알고 문 열어라

—;;;

ㅇㅋㅇㅋ;;;

약간의 틈을 두고 티티카카가 다시 ㅋ을 50개 찍는다. ㅋ이 참 헤픈 녀석이다.

—야 방금 너 나

모른 척한 거 아니지??

—진짜 확인함?;;;

—웬 할머니가 나와서 나 신고당할 뻔ㅋㅋㅋ

아 난 니가 그 할머닌 줄 알았자낰ㅋㅋㅋ

—으악ㅋㅋㅋ

티티카카와 메신저로 채팅을 시작하면서 나는 각자의 신상은 캐지 않는 게 좋겠다고 못 박아 두었다. 티티카카는 네가 그러는 게 좋다면 그러자, 하고 쿨하게 받아들였다. 그래서 우리는 메신저 너머의 상대가 남자인지 여자인지, 어른인지 아이인지도 모르는 상태로 채팅을 했다.

—내 생각에 너는 여자다

며칠 대화를 나누다가 우연히 서로가 누구인지 추측해 보게 됐을 때, 티티카카가 말했다. 나는 상대를 서른 정도 먹고 여자들에게 인기가 별로 없는 싱글남이라고 추측했다. 오, 반쯤은 맞음! 하고 티티카카가 대답했지만 어느 쪽이 맞는지는 당연히 말해 주지 않았다.

—넌 연극배우가 꿈이고 재능도 있어

그리고 살이 쪘지! ㅋㅋㅋ

지금 다이어트 중이지??

애인 뺏어 간 친구한테 한 방 먹일 계획도 다 짜 놨지??

살이 쪘다는 거 빼면 다 틀린 말이었지만 나는 그냥,

—와 점쟁이네 점쟁이;;;

하고 문자를 찍었다. 점쟁이라는 말에 의욕이 솟았는지 티티카카는 의기양양하게 말을 잇는다.

—내가 눈치가 좀 빠름!

야 하는 김에 니가 짠 복수 계획도 맞혀 볼까??

—ㅇㅇ 맞혀 봐.

—아마 너는 눈부시게 날씬하고 예뻐져서

몸에 딱 붙는 완전 섹쒸한 옷을 입겠지

그리고 좌알~생긴 남자를 옆에 끼고 길거리에서 친구를 딱!!!

만나는 거야!!! 친구 옆에는 마침 친구가 뺏어 간 전 남친이!!!

—오오!!!

—당황해하는 전 남친과 친구를 척 깔아 보면서

너 피부 관리 좀 해야겠다

이러는 거지 존나 도도하게!!!

그러면 눈치 빠른 니 남자친구가

이렇게 예쁜 우리 에포나인을 손수 차 주셔서 감사합니다 덕분에 제가 요새 하루하루 꿈속에서 사는 거 같네요

이러는 거지!!! 어때??

—대패 가져와라 닭살 밀게

—ㅋㅋㅋ 어떠냐고??

닭살 돋지만 나쁘지 않다. 나는 닭살 돋지만 나쁘지 않, 까지 글자를 치다가 지우고 자세를 바꿔 바닥에 드러눕는다. 일이 말처럼 쉽게 이루어지면 좋겠지만 그렇지 않아서 슬프다. 이런 거창한 복수는커녕 나는 다이어트도 삼 일을 못 넘겨서 좌절 중인 비참한 1단계 비만의 여고생일 뿐이다.

—근데 넌 진짜 몇 살이야? 대학생?

나는 화제를 있지도 않은 나의 복수 계획에서 티티카카의 나

이로 돌린다. 타자가 빠른 티티카카는 금방 이렇게 대꾸했다.

—야 그거 반칙! 서로 그런 거 안 물어보기로 했잖아.

—넌 나 고등학생이라는 거 알잖아.

내 고민이 뭔지도 알고 친구며 애인이며 이것저것 많이 아는데

난 너에 대해서 하나도 몰라

십 초쯤 공백을 두고 티티카카가 문자를 보내왔다.

—어 그런가??

—그렇지!

그러니까 최소한 그 정도는 알려 줘야지

티티카카는 잠시 생각하는 듯 응답이 없다가 이렇게 발신했다.

—나도 고등학생이야

—뻥 치시네

—진짜야

—가게에서 일한다면서

—그건 그냥 부모님 일 돕는 거지 내 일은 아니야

난 시나리오를 써

—시나리오?

—연극 무대에서 쓰는 거 말이야

그리고 틈틈이 조명 연출 같은 것도 공부하고 있어

너 같은 연극배우가 무대 위에 오를 때 우리 예쁜이 잘 봐 주세요~ 하는 마음으로 빛을 내려 주는 일 하려곡ㅋㅋ

티티카카가 너스레를 떨었지만 나는 휴대전화 화면을 손가락으로 톡톡 두드리며 대답하지 않았다. 갑자기 예전의 기억들이 쏟아져 들어왔던 것이다.

동아리 활동으로 정신이 없던 중학교 시절에 무대 뒤에서 땀을 뻘뻘 흘리며 조명 장비를 만지는 애들이 있었다. 연습 시간, 나는 여느 때처럼 비중 있는 조연으로 주인공의 옆에서 대사를 뱉는 중이었다. 코앞으로 다가온 공연 일정에 다들 피로했고 유난히 NG가 많이 나던 날이었다.

대사 똑바로 안 해? 왜 이렇게 씹어 대? 만족스럽지 못한 연습이 끝난 뒤에는 늘 기강을 잡는다는 명목으로 아이들을 불러다 놓고 발로 차거나 욕을 하는 선배들이 있었다. 그날 도마 위에 오른 대상은 나였다. 나는 더듬더듬, 눈이 부셔서 대사가 잘 안 나왔어요, 하는 핑계를 댔다. 맞아요, 조명에 문제가 좀 있어요. 전 조명이 너무 가까워서 더워 죽는 줄 알았어요. 배역을 맡은 다른 아이들이 내 편을 들어주기 위해 한두 마디씩 거들었다.

쌍년들아, 만날 배우만 혼내니까 소품은 뭐 잘해서 가만히 놔두는 줄 알아? 너네도 정신 차려야 돼. 못생기고 재능 없어서 무대에 못 올라갔으면 이런 거라도 잘해야지. 날이 선 선배들의 공격은 조명을 맡고 있던 다른 무리에게로 옮겨 갔다. 엎드려뻗쳐서 발길질을 당하는 아이들 중에는 내가 잘 아는 얼굴도 있었다. 그때는 전혀 신경 쓰지 않았던 칙칙하고 우울한 아이.

—나는 연극을 만드는 게 꿈이야

티티카카의 문자는 아득히 멀게 느껴지는 그 시절의 목소리를 불러들였다. 그러나 생각보다 그렇게 먼 시절의 이야기는 아닐 것이다. 나는 벌떡 일어섰다가 늦은 시각을 가리키는 벽시계를 보고 도로 자리에 앉았다. 우스운 일이다. 지금 그런 걸 떠올렸다고 해서 내가 뭘 어쩔 수 있단 말인가.

—아마 내가 만든 연극에

니가 주연으로 나올지도 모르지

물론 니가 나만큼 유명해졌을 때의 일이지만 ㅋㅋㅋ

나는 휴대전화 화면을 멍하니 보고 있다. 티티카카는 몇 번 더 문자를 보내다가 내가 아무 대꾸도 하지 않자 이렇게 물었다.

—뭐 해??

왜 답이 읍써??

—미안 나 잠깐 뭐가 생각나서…

내일 얘기하자

—무슨 일 있어??

티티카카는 걱정스러운 기색이었지만 나는 별다른 말을 하지 않고 애플리케이션을 종료했다. 휴대전화로 수다를 떨다가 올려다본 집은 왠지 모르게 텅 비어서 쓸쓸해 보인다. 부모님이 집을 떠나 있는 동안 나는 보지도 않을 텔레비전을 켜 두는 게 일상이 되었다. 일부러 볼륨을 더 높이고 자세를 바꿔 드러눕는다. 이제 삼 일 뒤면 엄마를 다시 볼 수 있다. 두 달 사이에 몰라보게 살이 찐 딸내미를 보고 엄마는 뭐라고 타박할까? 아빠는? 나는 거실에 비뚤게 돌려 놓은 전신 거울을 힐끗 바라본다. 나를 보는 사람들의 시선도 저렇게 돌려놓을 수 있다면 얼마나 좋을까.

세상에는 날이 갈수록 나빠지는 게 있다. 반 1등으로 화려하게 데뷔했던 나의 초등학교 성적이나 방학 때마다 세우는 격렬한 계획들, 그리고 학생 식당의 반찬 같은 거. 오늘은 특히나 최악의 조합이라서 제대로 밥을 먹는 애들이 없었다. 나는 반도 비우지 못하고 식판을 내놓은 뒤 매점으로 달려갔다. 나보다 빠르게 마음을 정한 현명한 아이들이 바글거려서 한참을 들쑤셔야 했다.

물을 채운 컵라면과 전자레인지에 데운 삼각김밥 두 개를 들고 운동장이 내려다보이는 벤치에 앉아 라면이 익기를 기다린다. 점심을 이렇게 빈약하게 때우니까 밤마다 치킨 생각이 간절해지는 거다. 모르긴 해도 내가 1단계 비만의 수렁에 빠지게 된 데에는 학생 식당의 아줌마들도 어느 정도 책임이 있다.

"왜 혼자 밥 먹어?"

굳이 고개를 돌려서 확인하지 않아도 말을 건 상대가 킬힐이라는 걸 알 수 있었다. 그래서 그냥 그대로 앉아 라면 뚜껑을 열고 먹을 준비를 한다. 킬힐은 천천히 걸어와서 내 옆에 자리를 잡고 앉는다. 어쩐 일인지 늘 옆에 붙어 다니는 바비 인형들이 오늘은 보이지 않았다.

"너 요즘 왜 이렇게 서먹하게 굴어? 노래방 일 때문에 그래?"

나는 묵묵히 라면을 한 젓가락 떠서 입에 넣는다. 킬힐의 목소리가 낯설게 느껴진다. 한때는 익숙했던, 그러나 오랫동안 듣지 못한 목소리를 다시 듣는 기분이다.

"다 들었지?"

킬힐이 묻는다.

"글쎄. 어떨 거라 생각해?"

"니가 되돌아올 줄 몰랐어."

"그랬겠지."

나는 퉁명스럽게 대답한다. 킬힐은 운동장을 바라보면서 고개를 끄덕였다. 늦가을의 싸늘한 바람이 으스스 불었다. 삼각김밥을 하나 다 뜯어 먹을 때까지 킬힐은 떠나지 않고 자리를 지켰다.

"사과하고 싶어."

하고 말한 것은 나다. 킬힐은 아무 말도 하지 않는다. 나는 어제, 밤을 설치며 생각해 두었던 말을 꺼낸다.

"이미 너무 늦었겠지만, 널 배신해서 미안해. 아무렇지도 않게 생각해서. 나한테 무슨 악의가 있었던 건 아니지만 그래서 더 싫었을 거야. 미워해도 할 말 없지."

킬힐은 여전히 운동장을 보고 있다. 나는 태연하게 라면을 먹었다. 이런 때라고 먹는 걸 멈춘다면 그건 내가 아니다. 아침을 굶고 나와서 그런지 더 각별한 맛이 난다. 두 번째 삼각김밥의 포장지를 벗기고 한입 물 때까지도 킬힐은 말이 없다. 그래서 내가 다시 말을 꺼냈다.

"우리 어쩌면 꽤 괜찮은 친구가 될 수도 있었겠지?"

"어쩌면."

킬힐은 그제야 입을 열고 이쪽을 보았다. 나는 입가에 묻은 삼각김밥의 잔해를 털어 내고 킬힐을 마주 본다. 가까이에서 보는 킬힐은 전에 보던 것보다 더 예뻤다. 정말 싫은 계집애였다.

"널 좋아했어."

킬힐이 말했다. 나는 삼각김밥을 먹다가 사레가 들릴 뻔한다.

"아주 많이 좋아했어. 내가 쓰던 시나리오의 주인공이 딱 너였으니까. 무대를 연출하게 된다면 니가 거기에 서 주기를 바랐어. 그래서 화가 났던 거야."

킬힐은 길게 숨을 내쉰다. 이 년이나 쌓아 왔던 숨을 한꺼번에 토해 내듯이.

"난 니가 나를 아무렇지도 않게 생각해서 널 미워한 게 아니야. 나는 너, 아니, 미래의 너와 가까워지기 위해 열심히 노력했어. 언젠가 연극 무대에 오르는 너를 부끄러움 없이 나의 무대로 데려올 수 있도록 말이야. 근데 넌,"

"우스워졌지?"

내가 말했다. 킬힐은 고개를 저었다.

"우스워진 건 나야. 넌 그냥 멈춰 섰을 뿐이고."

넌 그냥 멈춰 섰을 뿐이다. 그런 말을 하는 사람은 없었다.

중학교에서 연극을 준비하며 하루에도 수십 번 똑같은 대사를 뱉고 동선을 연구하던 기억이 난다. 나는 언제나 가장 늦게까지 무대에 있었고, 그건 소품의 뒷정리를 담당하고 있던 킬힐 역시 마찬가지였다. 캄캄해진 하늘 아래로 걸어가며 우리는 아무 말도 하지 않았다. 나는 코앞으로 다가온 공연 일정에 머리가 터질 지경이었다. 킬힐은 킬힐 나름대로 신경 쓸 일이 많았다.

마침내 무대가 끝나고 우레와 같은 박수 속에 막이 내려갈 때 나는 이런 생각을 했다. 여기가 바로 내가 있어야 할 곳이 아닐까, 하고. 그리고 그게 끝이었다. 다시 그런 기회가 오는 일은 없었다.

"괜찮을 거야."

킬힐은 어색하게 웃고는 엉덩이를 털며 일어섰다. 어느새 점심시간이 거의 끝나 가고 있다.

"이제 유치한 괴롭히기는 그만할게. 나랑 말 섞을 일도 더는 없을 테고. 니 남자친구도 질렸어. 도로 데려갈래?"

"됐어, 그런 병신."

"잘 생각했어."

킬힐은 가볍게 눈짓하고 교실을 향해 걸어갔다. 나는 다 먹은 라면 용기와 삼각김밥 포장지를 모아서 근처 쓰레기통에 집어넣는다. 그리고 저만치 멀어지는 킬힐의 뒷모습을 바라보았다. 우리의 악연이 이렇게 시시하게 끝나 가고 있었다. 하지만 아직 궁금한 게 남아 있다.

성큼 걸어가서 킬힐의 어깨를 툭 친다.

"하나만 물어보자."

내가 따라올 거라고는 생각 못 했는지 킬힐은 약간 당황한 표정이었다.

"뭔데?"

"왜 물음표를 꼭 두 개씩 찍어?"

"물음표?"

"항상 두 개씩 찍잖아. 그리고 넌 ㅋ도 너무 많이 찍어. 헤퍼 보이게."

킬힐의 입가에 조금씩 미소가 번졌다. 나는 일부러 웃지 않고 뻔뻔한 표정으로 킬힐을 마주 보았다. 킬힐은 어깨를 으쓱했다.

"그게 귀여워 보이잖아."

"전혀 아니거든."

나는 자연스럽게 킬힐의 팔에 손을 넣고 팔짱을 낀다. 전에도 자주 이러고 다녔지만 이번에는 조금 다른 느낌이었다.

"그리고 에포나인이라고 읽는 거 아니야."

"알아."

킬힐이 말했다. 나도 킬힐이 안다는 걸 알고 있으면서 해 본 말이다. eponine은 에포닌이라고 읽는다. 에포닌은 중학교 때 내가 마지막으로 연기한 등장인물의 이름이었다. 주인공은 아니지만 그때까지 내가 맡은 배역 중에서는 가장 비중이 높았다. 나는 썩 만족스러운 연기를 했다. 누가 어떻다고 말해 준 게 아니라, 그냥 내가 그렇다고 여겼다.

킬힐과 함께 걸어가며 나는 문득 내가 이제 겨우 1막의 2, 3장쯤을 지나고 있는 게 아닌가 하는 생각을 한다. 돌이켜 보면 티티카카가 들고 있는 조명은 한 번도 꺼진 적이 없다. 두꺼운 커튼이 눈앞을 가로막고 있지만 아직은 한참이나 더 남은 이야기인 것이다.

"니가 쓴다는 시나리오 말인데, 아직 배역 많이 비어 있지?"

교실 앞에 멈춰 서서 내가 묻는다. 킬힐은 장난스럽게 눈살을 찌푸리고 대답했다.

"오디션 봐서 잘하는 사람 뽑을 거야."

"살 빼야 돼?"

"배역에 따라 다르지. 근데 넌 주인공 하고 싶지 않아?"

이렇게 잠시 막을 내린다.

최 서 경 …4%

학교에 가기 전, 어항 앞에 섰다. 내 책상 구석에 놓인 자그마한 어항에는 네온테트라 몇 마리와 구피 한 쌍이 들어 있다. 네온테트라는 겁이 많아 떼로 몰려다니고 구피는 치어를 잡아먹는 놈들이었다. 사료를 뿌리자 물고기들이 먹이를 향해 전투적으로 달려들었다. 오늘도 그 모습에서 간신히 안도감을 얻은 후 현관으로 향했다.

"학교까지 태워 줄게."

언니였다. 나는 현관에 우두커니 서서 그를 기다렸다. 언니는 태어나서 단 한 번도 4퍼센트 너머로 추락한 적이 없었고 대학을 졸업하자마자 당당하게 대기업에 입사했다. 언니는 질 좋은 광택이 흐르는 진줏빛 블라우스를 입고 우아해 보이는 5센티미터 구두를 신었으나 나는 여전히 펑퍼짐한 교복 치마 차림이었다. 거울을 보는 언니의 어깨 너머로 내 얼굴이 비치자 나는 황급히 집을 나섰다.

"내일 시험 끝나지?"

나는 대답하지 않았다. 언니의 은색 승용차가 아파트 주차장을 미끄러지듯 빠져나갔다.

"좋게 생각해. 노력한 만큼 결과는 따를 테니 너무 긴장하지 말고. 만약에 결과가 안 좋더라도, 한 번쯤 그럴 수도 있는 거지!"

아니, 그럴 수는 없다. 나는 미세하지만 단호하게 고개를 저었다. 학교 근방에 도착하자 언니는 한가한 곳에 차를 세웠다.

"난 네 나이가 부러워. 뭐든지 될 수 있잖아."

나는 가까스로 고개를 끄덕이고 차에서 내렸다.

운동장을 가로지르며 입맛을 다셨다. 공기에서 7월의 맛이 났다. 담장을 따라 심어 놓은 나무는 경쟁적으로 잎사귀를 피워 냈고, 모든 사람들은 등교 혹은 출근을 하고 있었다. 7월의 맛은 과열의 맛이었다. 어디선가 갓 꺾은 풀에서 나는 역겨운 냄새가 풍겨 와 나는 헛구역질을 했다.

건물로 들어서자 급격히 낮아진 온도에 나는 카디건을 꺼내 입었다. 견디기 힘겨운 바깥의 더위와는 달리 학교 내부는 몹시 서늘했다. 어젯밤, 얼어붙은 J의 육체가 발견된 중앙 현관을 나는 무감하게 지나쳤다. 중앙 현관 구석에 몸을 숨기고 있던 냉기가 콧구멍을 통해 들어와 내 두개골 가장 깊숙한 곳에 자리를 잡았다. 비정한 냉기는 그런 방식으로 학교 전체를 야금야금 장악하고 있었다.

처음부터 이 사건에 대해 무관심했던 건 아니었다. 한때는 일상이 완전히 마비된 적도 있었다. 입학한 지 채 한 달이 지나지 않은 무렵이었다. (이 사건을 처음 목격한 이의 진술에 따르면) 교실 문을 열자 순간적으로 코가 찡할 정도의 추위가 엄습했다고 한다. 얼음 조각을 으스러뜨리며 그가 교실로 두어 걸음 들어섰을 때, 그 중앙에 휴대전화를 손에 든 채로 얼어붙은 옆 분단 여학생이 눈에 띄었다. 채 보내지 못한 '미안'이라는 문자 옆에는 커서가 깜박이고 있었다. 빙하기를 그린 재난 영화의 한 장면 속에 기분 나쁜 유리 세공품이 서 있는 것 같은 모습이었을 것이다.

소문이 퍼지자마자 학교는 아수라장이 되었다. 호기심과 의구심과 공포가 뒤엉킨 가운데 단연코 지배적인 감정은 다음 희생자가 자신이 될지도 모른다는 불안감이었다. 보건실로 옮겨진 첫 번째 피해자는 다행히도 십 분 만에 저절로 녹아내려 정상으로 돌아왔고 그 사건에 대해 캐묻는 이들에게 전후 상황이 전혀 기억나지 않는다고 대답했다.

그리고 잊을 만하면 그와 유사한 사건이 발생했다. 냉기는 개떼같이 학교 곳곳을 누비며 다음 표적을 찾아 헤맸다. 어제 얼었다 녹은 J는 네 번째 희생양이었다. 그러나 두려움에 떨던 이들도 세 번째부터는 덤덤해졌다. 앞서 얼어붙었던 아이들 모두 약간의 시간만 지나고 나면 무탈하게 일상으로 돌아왔기 때문이었다. 아무것도 아닌 일이었다. 이만한 사건으로 불안해하기에는 다른 중요한 일들이 너무나도 많았다. 우리는, 발악하며 살아야 했다. 절대 뒤처져서는 안 되었다. 한순간 뒤처져 버리면 인생이 영원한 실패의 나락으로 떨어지기 때문이었다.

교실로 들어섰다. 자리에 앉자마자 E가 쾌활하게 말했다.

"야, 나 국어 28점 맞았어!"

나와 E, 우리의 또 다른 친구 J와 O가 와르르 웃었다. 방금 전까지 내 내부를 빵빵하게 메우고 있던 불안이 조금 누그러졌다. 내가 국어 만점을 받는 동안 28점을 받는 사람이 존재한다는 것이 내 삶의 유일한 안정제였다.

"아, 진짜 하나도 못 봤네. A, 넌 공부 많이 했어?"

"아니……. 이번 기말 진짜 망할 것 같아."

나는 의례적인 답변을 내놓았다.

"에이, 뭘. 또 1등 하겠지."

J는 내가 가증을 떤다는 듯이 말했으나 사실 가증을 떠는 것은 J였다. 확신할 만한 근거가 내게는 있었다. 어제 사건 이후, 채 녹지 않은 J의 입술이 그것을 증명했다.

"O, 너는 공부 많이 했어?"

J가 물었다.

"아니. 어제 머리가 너무 아파서 제대로 못 했어."

"저번에도 그래 놓고 시험 잘 봤잖아."

불편한 침묵이 우리 사이를 맴돌았다. J의 속눈썹은 파르르 떨렸고 E는 괜히 내 눈치를 봤다.

J와 O의 관계는 기묘했다. J와 O 둘 다 평균 이상의 성적을 가지고 있으나, 배치고사를 기준으로 그 둘 사이에는 꽤 큰 격차가 있었다. J와 O가 친구가 될 수 있었던 것은 그 둘이 라이벌 관계가 될 수 없었기 때문이었다.

"나보다도 더."

그리고 입학 후 처음으로 치른 중간고사에서 O는 J를 제쳤다. O의 성적이 J에게 위협이 되던 그 순간, 그들의 관계는 산산조각이 났다.

"J, 너 몸은 괜찮아?"

O의 의도적인 질문에 J의 입술이 움찔했다.

"그럼. 단순한 사고였을 뿐이야."

"J, 그냥 물어보는 건데 혹시 어제 내 사물함에서 EBS 교재 못 봤어?"

"그걸 내가 어떻게 알아."

"아니, 어제 네가 내 사물함에서 치약 꺼내 썼잖아. 그때는 있었나 싶어서."

O가 싸늘한 표정을 지었다.

"누가 도둑질해 가서 오늘 아침에 새로 샀거든. 그래서 필기 하나도 안……."

바로 그때, O의 코에서 피가 흘러내렸다. J의 눈빛도 싸늘해졌다.

"공부 제대로 못 했다더니 무리했나 보네. 쉬엄쉬엄해."

걱정을 위장한 명백한 비난이었다. O는 바닥에 떨어진 피 몇 방울과 J의 조롱 담긴 눈빛과 손으로 대충 틀어막은 제 코 사이에서 잠시 방황하더니 뒷문을 박차고 나갔다. 나는 그 무의미한 감정 소모를 바라보고 있다 발작적인 냉기를 느끼고는 팔뚝을 매만졌다.

"자기가 간수 못 해서 잃어버린 것 가지고 무슨 도둑질이래?"

나의 팔을 잡아 흔들며 J는 내 동조를 구했다. J의 손은 지나치게 차가웠다. 날이 가면 갈수록 J와 O에 대한 나의 혐오는 커져만 갔다.

나는 J의 손을 뿌리치며 뒷문 옆에 걸린 거울로 다가가 내 어깨 너머로 보이는 한 풍경을 바라보았다. 책에 고개를 파묻고 있는 똑같은 뒷모습 중 하나임에도 그들은 교내의 냉기가 파고들 틈 없이 따뜻해 보였고, 추한 경쟁심이 끼어들 틈이 없을 정도로 아름다웠다. S는 사회복지사가 꿈이다. 드물게도 진심으로 요양원에 봉사를 다닌다고 들었다. D는 불의를 참지 못한다. 그는 인권 변호사가 되겠다고 했다.

발소리를 죽이고 살금살금 다가온 E가 장난스럽게 내 어깨에 턱을 올렸다. 어깨부터 따스한 기운이 퍼져 나갔다. 아무것도 모르는 E는 거울을 통해 내 얼굴을 살피면서 말했다.

"A! 이 년 뒤에 수능 끝나고 갈색으로 염색하고 파마하면 진짜 예쁘겠다!"

E는 실용음악과에 간다고 했다. 이미 학원도 다니고 있었다. E는 원래 실용음악과가 개설된 예고에 진학하려 했으나 그 계획은 부모님의 반대에 부딪혀 좌절되고 말았다. 그러나 이 학교에 입학한 후 사 개월간의 투쟁 끝에 실용음악과로 진학해도 좋다는 허락을 받아 냈다.

그들은 그렇게 눈부시게 반짝였다. 나는 E나 S나 D가 절대 얼어붙지 않으리라는 것을 알고 있었다. 그들은 그럴 수가 없다.

J는 그때까지도 추악하게 외치고 있었다.

"요즘 O 너무 예민하지 않아?"

J가 성적에 과도하게 집착하는 데에는 그럴 만한 이유가 있었다. 떠밀리듯 고등학교에 진학했으니, 그 어떤 것보다도 배치표상의 자신의 위치가 더 중요한 것이다. J의 잘못은 아니었다. 그러한 태도가 아무런 흠이 되지 않는 세상이었다.

"나만 그렇게 생각하는 거냐고!"

나는 J의 뺨을 후려갈기고 싶은 충동에 휩싸였다. E는 지금도 순진무구한 눈망울로 나와 J의 눈치를 보고 있었다. 갑자기 그런 E의 목을 조르고 싶었다. E는 J의 불안을 절대 이해할 수 없을 것이다. 절망적이었다. 그러나 가장 절망적인 사실은 나도 J나 O와 다를 바 하나 없는 인간이라는 것이었다.

다시 거울로 눈을 돌려 나 자신을 바라보았다. 나의 영원한 우상인 언니의 거대한 모습과 내 뒤쪽 세계에 사는, 몇몇 아이들에 대한 동경심 사이에 끼여 이도 저도 못 하는 나의 모습이 보였다. 비겁한 얼굴이었다. 아주 잠시 방황할 용기조차 찾아보기 힘들었다.

그러나 어쩔 수가 없었다. 언니처럼 살기 위해 내가 할 수 있는 일이란 오직 1등급을 받는 것뿐이었다. 설령 그 이하의 등급으로도 성공할 수 있다 해도…….

아니, 그럴 수는 없다. 우리의 미래는 오직 4퍼센트 안에 있다. 그것이 우리가 발악하며 살아야 하는 유일하고도 명확한 이유였다. 여유를 부려서는 안 된다. 멀리 내다봐서도 안 된다. 멀리 바라보면 인간은 느긋해지기 마련이다. 그렇게 인생을 허비하다 보면 내 인생은 1등급 너머로 떨어질 게 분명했다. 나는 같잖은 이상에 빠져들 뻔한 나 자신의 뺨을 세게 두 대 내리쳤다.

E가 부드럽게 내 손을 잡으며 말했다.

"A! 나 서술형 예상 문제 두 개 정도만 족집게 과외 해 줘!"

E가 서술형 한두 문제를 더 맞힌들 내 등수에는 아무런 위협이 되지 않는다는 계산 아래 나는 빠르게 세 문장을 골라 주었다.

시험지를 받은 지 십팔 분이 지났다. 불안은 지나치게 부풀어 올라 내 심장과 폐와 뇌를 짓눌렀다. 나는 아리송하다는 의미로

별표를 친 문제들을 세어 보았다. 네 개였다. 너무 많았다. 울고 싶었다. 역시 어젯밤에 자지 말았어야 했다.

언니가 즐겨 읽는 엉터리 자기계발서는, 세상은 우리에게 무한한 기회를 부여하는 무결한 곳이고, 세상이 내민 기회를 놓치게 되는 것은 오로지 개인의 노력이 부족하기 때문이라고 말했다. 모든 실패는 '나'의 탓이라는 것이다. 우리 가족은 모두 그 논리의 맹신자들이었다.

눈물이 몽글 솟아오르다가 기어코 턱 아래로 흘렀다. 억울하다. 난 누구보다도 최선을 다했다. 내가 흘린 물방울은 시험지에 떨어지기도 전, 놀랍도록 빠르게 얼어붙어 동그란 얼음 결정이 되었다.

영어는 시험이 끝나자마자 우리에게 답안지를 던져 줬다. 반장이 칠판에 5×5의 사이즈로 정답을 적었다. 나는 가채점을 마쳤다.

J가 손을 덜덜 떨면서 말했다.

"야……. 나 영어 다 맞았어."

O가 대답했다.

"나도."

순간 J와 O의 얼굴에 낭패감이 스쳤다. 우리에게 있어 점수 자체는 의미가 없었다. 내 점수로 나머지 96퍼센트의 머리를 밟고 올라설 수 있는지가 관건이었다. 나는 그들과는 다른 의미의 낭패감에 몸서리치며 내 88점짜리 시험지를 구겨 가방 속으로 처넣었다.

홀로 집으로 돌아오며 나는 가방의 솔기가 터져 버리는 상상을 했다. 성을 내다 금방 숨을 거두는 복어처럼, 부푼 이 가방이 집으로 가는 다리 위에서 뻥 터져 버린다면. 사방으로 튕겨져 나가는 책 중 몇 권이 J나 O, 아니 88점 이상을 맞은 모든 아이들의 머리에 명중한다면! 그것도 아니면 가방을 아무렇게나 내팽개치고 홀가분한 어깨로 집에 갈 수라도 있다면…….

통쾌한 상상과는 달리 집으로 향하는 버스 안에서 나는 울었다. 굳이 가방을 뒤져 88점짜리 실패를 되새겼다. 오늘 아침 거울을 통해 보았던 언니의 모습과 이 구겨진 시험지 사이의 거리는 도무지 좁힐 수 없는 것이었다. 화가 났다. 언젠가 이 부풀어 오르는 불안과 분노를 못 이겨 내가 터져 버릴지 모른다는 생각이 들었다.

버스에서 내린 나는 정류장 의자에 주저앉고 싶은 충동을 느꼈으나 지친 다리를 끌고 집으로 향했다. 아파트 현관을 열고 텅 빈 거실을 가로질러 내 방으로 들어갔다. 책상 앞에 앉자마자 벼락처럼 휴대전화가 울렸다.

〈O님이 A님, E님을 초대하였습니다.〉

—J 걔 정말 나한테 왜 그러는지 모르겠어.

나는 O의 독백을 물끄러미 바라보았다.

—이런 말, 해도 되는지 모르겠는데.

솔직히저번시험내가자기보다더잘봤다고그러는것같은데 그게내잘못도아니고 내가최선을다했을뿐인데 친구사이에그러는건좀아니지않냐 솔직히우리사이분위기흐리는것도그렇고 J가원래성격이예민한편인건알겠는데담에나한테한번만더그러면진심으로싸울거야 그럼한마디씩만거들어줘 내EBS도J가훔쳐간게분명해 내신이뭐라고그렇게까지구는지진짜한심하지않아?

쉴 새 없이 문자를 쏟아 내던 O가 몇 초간 쉬다 다시 말을 이었다.

—그리고 J가 너희 욕 진짜 많이 했어. A보고는 저번에 자기가 모르는 거 물어봤는데 일부러 안 가르쳐 줬다고 그랬고 E한테는 막 골 빈 거 티 난다고 그랬어.

초여름이라는 것이 믿기지 않을 정도로 서늘한 바람이 불어왔다. 여름 특유의 후텁지근한 바람 때문에 불쾌함을 느꼈단 사실이 마치 거짓말 같았다. 그리고,

—나도 J 책 훔칠 거야 내가 이러는 건 그냥 J도 도둑질당하는 게 얼마나 짜증 나는지 똑같이 느껴 보라는 의미지 걔 공부 못 하게 하려고 수 쓰는 게 아니야.

나는 다급히 O에게 전화를 걸어 소리쳤다.

"야, 너 그만둬."

대답 없이 전화가 끊어졌다. 딱 이십이 분이 지나고 다시 O에

게서 전화가 왔다.

"O가 얼었어."

O의 전화기를 든 J의 목소리였다. 건조한 피로감이 깃들어 있었다. 나는 침묵이 흐르는 전화기에 대고 뜬금없는 말을 속삭였다.

"J, 넌 괜찮아?"

J가 여전히 건조한 목소리로 대답했다.

"글쎄."

나는 좌절했다.

모든 사람들이 우선 현실에 충실하여 성실히 공부하면 나중에 길이 보인다고 주장했다. 다른 생각을 할 시간이 있으면 공부나 하라는 말의 우아하고도 완곡한 표현이었다. 수긍할 수밖에 없었다. 그런데…….

나는 잡생각을 떨쳐 버리려고 머리를 털었다. 88점에 대해 생각했다. 그러자 끔찍할 정도로 불안해졌다.

시간이 꽤 흘렀고 나는 뻣뻣한 어깨를 주무르다 어항을 바라봤다. 가만히 바라보고 있노라니 네온테트라 한 마리가 이상하다는 것을 깨달았다. 오늘 아침까지만 해도 멀쩡했던 놈인데 지느러미가 반쯤 뜯겨 나간 채 레인 바의 미약한 물살조차 이겨 내지 못하고 있었다.

나는 열대어를 기르는 사람들이 득실대는 인터넷 카페에 글을 올렸다. 네온테트라 한 마리가 이상해요. 순식간에 답이 달렸다. 도태 개체는 어쩔 수 없어요.

문득 잔인하다고 생각했다. 그건 4퍼센트에서 벗어난 적이 없는 언니가 성공하고 그 바깥으로 밀려난 사람이 패배하는 것과 마찬가지로 정말 당연한 일인데 말이다. 폭풍 같은 피로감이 어깨를 내리눌렀다. 나는 눈을 감은 채로 침대로 가 쓰러졌다. 더는 견뎌 낼 힘이 없었다.

깜빡 잠이 들었다가 방 바깥에서 일어나는 소란에 눈을 떴다. 귀를 기울이자 몹시 흐느껴 운 뒤에 찾아오는 딸꾹질 소리가 들렸다. 아빠는 못마땅한 기색을 숨기지 않으며 언니를 비난하고 있었다. 나는 조심스레 문을 열고 나갔다.

언니는 몹시 분노한 상태였다. 무언가 치명적인 실수를 했고 그래서 매우 중요한 기회가 다른 이에게 넘어가 버렸다고 했다. 언니가 그토록 맹신하던 긍정이 언니의 뒤통수를 후려갈긴 것이다. 언니도 이제 나처럼 가능성이란 단어의 숨은 의미를 무서워하게 될 것이다. 언니는 그 기회를 낚아채 갔다는 이름 모를 사람에게 짐승 같은 비난을 퍼부었다. 언니의 입술이 얼었다 녹는 광경은 나만 본 모양이었다.

언니를 바라보고 있자니 스산해졌다. 현재에 충실하여 성실히 공부하면 나중에 길이 보인다는 말이, 평생에 걸쳐 들어 온 그 말이 사탕발림에 불과하다는 걸 뼈저리게 깨달았다. 노력한다면 무엇이든 될 수 있다니. 그러니 될 때까지 노력하라니. 헛웃음이 나올 정도로 미련한 믿음이었다. 내가 미래라고 믿었던 것은 결국 공허한 것에 불과했다. 나는 입맛을 다시며 방으로 들어갔다. 7월의 맛이 났다.

춥다.

이른 아침, 잠을 깨운 것은 추위였다. 춥다고? 잠이 덜 깬 눈을 깜빡이는데 시야에 이질적인 배경이 스쳐 지나갔다. 나는 창문에 달라붙어 소리쳤다.

"엄마!"

"벌써 일어났어?"

엄마 대신 대답한 언니에게 달려갔다. 언니는 기계적으로 식사를 하고 있었다.

"창밖에……. 바깥이 왜 저래?"

주방에 난 창문으로 바깥을 본 언니가 무심하게 말했다.

"바깥이 뭐?"

"저게 안 보인단 말이야?"

"도대체 뭐가!"

언니는 신경질적으로 수저를 내려놓았다. 나는 언니의 팔뚝에 냉기가 휘감기는 것을 물끄러미 바라보았다.

"시험이라 예민한 건 알겠는데 그만하고 와서 밥이나 먹어. 오늘 수학 시험 치는 날이잖아. 네가 제일 걱정하는."

창밖으로 보이는 것은 눈이 오는 풍경이었다. 고요한 겨울밤이 지나고 나니 눈이 소복이 쌓여 세상이 몇 센티미터 높아진, 그런 평화로운 광경이 아니었다. 시야가 흐릴 정도의 폭설이었다. 매서운 겨울바람에 가로수는 힘을 잃은 채 나부꼈고, 하늘에서 쏟아지는 눈은 지상에 내려앉지 못하고 이리저리 방황하고 있었다.

겨울바람이라니. 믿을 수가 없었다. 지금은 7월이다.

코트 깃을 세운 남자가 장우산으로 눈보라를 막으며 아주 힘겹게 걸어가고 있었다. 나는 그가 내 시야를 벗어날 때까지 인내심을 가지고 지켜보았다. 내가 중얼거렸다.

"너무 춥지 않아?"

언니가 무성의하게 대답했다.

"언제는 춥지 않은 적이 있었니."

식탁에 앉아 밥을 한술 떠 넣었다. 나는 뜨거운 밥알을 혀로 가만히 건드리다가, 씹었다. 목이 막히면 물을 마시고 한기가 느껴지면 국을 떠먹었다. 오늘은 정말로 추운 날이 될 것 같다는 예감이 온몸을 관통했다.

집을 나서기 전, 물고기에게 밥을 주다 깨달았다. 비실대던 네온테트라가 결국 죽었다는 것을. 생명력을 잃은 몸뚱이는 수족관에서 나를 홀렸던 영롱한 빛을 잃고 아무렇게나 부대끼고 있었다. 건져 내야 할까. 잠시 고민하던 사이 구피와 다른 네온테트라들이 몰려와 그 사체를 툭툭 뜯어 먹었다. 한 점 한 점, 그 불어 터진 몸뚱이에서 뼈와 살이 분리되었다. 죽은 놈은 점차 앙상해졌다. 투명한 어항에 내 얼굴이 비쳤다.

나는 현관에서 신발을 신는 언니에게 달려가 말했다.

"언니, 내 어항 물고기 중에 좀 약한 애가 한 마리 있었거든?"

언니가 피곤한 얼굴로 나를 바라보았다.

"걔가 죽었는데, 다른 물고기들이 걔를 다 뜯어 먹었어."

"그래?"

언니가 심드렁하게 말했다. 나는 다그쳤다.

"어떻게 생각해?"

"어쩔 수 없지. 원래 한번 헛디딘 일은 돌이킬 수 없는 거야."

"정말 어쩔 수 없는 일이야?"

언니는 가치 없는 일에 시간을 허비하기 싫다는 표정으로 동문서답을 했다.

"학교까지 태워 줄게."

나는 거절했다.

얼굴을 할퀴는 추위를 뚫고 버스 정류장으로 향했다. 눈은 멈출 기미가 없었다. 사람들도 마찬가지였다. 남자, 여자, 아이, 노인, 직장인, 취업 준비생, 학생. 맹목적인 발걸음이었다.

눈길을 헤치고 버스가 달려왔다. 승객들이 줄을 지어 올라탔다. 저 멀리서 누가 빙판길을 뛰어오고 있었으나 버스는 매정히

출발했다. 기회를 놓쳤으니 다음 버스를 타야 할 것이다. 오늘 죽은 물고기처럼 나는 휘청거렸다.

흰 추위를 뚫고 도착한 학교에는 여전히 잔인한 냉기가 감돌고 있었다. 교실로 들어서는 이들은 겉옷에 묻은 물기를 떨며 모두 똑같은 말을 내뱉었다.

“어떻게 학교가 바깥보다 더 추워?”

그 순간 나는 확신했다. 빙하기다. 이대로라면 우리 모두가 얼어 죽을 것이다. 시린 손을 마주 비비며 입김을 불었다.

교실에 맴도는 분위기는 오늘의 기온만큼이나 싸늘하고도 고요했다. 때 이른 동복을 꺼내 입은 뒷모습에서 극도로 피곤하고 예민한 기운이 풍겨 나왔다. 오늘은 시험의 마지막 날이었다. 나는 맨 뒷줄에 앉아 그 안쓰러운 뒷모습을 바라보다 그들을 따라 책에 얼굴을 묻었다. 간혹 어떤 아이들은 아리송한 문제를 두고 짧은 토론을 벌이기도 했지만 이 이상기후에 대해서 이야기하는 사람은 단 한 명도 없었다.

2교시 시험이 끝났다. 3교시는 자습이고 4교시 시험을 보면 기말고사는 끝이 난다. 그때까지도 O는 완고하게 얼어붙은 상태였다. 벌써 그는 시험을 두 개나 놓쳤다. 경쟁자의 탈락에 아이들은 고요한 환호성을 질렀다. 팽팽하게 긴장된 분위기를 가르며 3교시 자습 시간을 알리는 종이 울렸다.

“A. 잠깐만 나 사물함 좀.”

피곤한 얼굴로 J는 자신의 사물함 앞에 섰다. 좌석 배치상, 내가 J의 사물함을 반쯤 가로막고 있었다. J는 자물쇠를 열고 책을 찾는 듯 그 혼란스러운 사물함 속을 뒤적였다. 가만히 바라보다 물었다.

"J, 내 어항의 물고기 중에 좀 약한 애가 죽었는데, 다른 물고기들이 걔의 사체를 다 뜯어 먹었어."

"그랬구나."

J가 무심하게 말했다.

"어떻게 생각해?"

"어쩔 수 없지. 그게 당연한 거잖아."

등 뒤에서 갑자기 날카로운 목소리가 들렸다. O였다. O가 드디어 깨어난 모양이었다. 그는 공격적인 발걸음으로 J에게 다가왔다.

"아무래도 내 EBS 도둑맞은 것 같은데, 네 사물함 좀 확인해 봐도 돼?"

"네 책을 왜 내 사물함에서 찾는데?"

J는 그러지 않는 척하며 내 눈치를 살폈다. 내리깐 눈동자가 살며시 떨렸다.

"이거 내 거 아냐?"

J의 사물함에서 거칠게 책을 꺼낸 O가 J를 노려보았다.

"너 지금 내가 도둑년이라는 거야?"

"나 아직 아무 말도 안 했는데?"

"난 몰라! 네 책이 왜 여기 들어 있는지!"

O는 J를 비웃었다.

"너 지금 속으로 좋아하고 있지? 내가 시험 두 개나 못 봐서."

신경질적으로 뒤를 돌아본 제3의 인물이 소리쳤다.

"여기 너희만 있어? 민폐 끼치지 말고 나가서 싸워!"

O는 그들도 비웃었다.

"내가 시험 못 봤으니까 니들이 1등급 받을 수 있을 것 같지?"

반이 술렁였다. 또 다른 누군가가 이죽거렸다.

"넌 학교장 추천은 물 건너간 거지."

고함이 오고 갔다. 입김의 열기로 창문이 뿌옇게 흐릴 정도였다.

나는 계속해서 죽은 네온테트라에 대해 생각했다. 네온테트라는 겁이 많다고 했다. 우리는 모두 네온테트라의 후예였다. 누군가 우리의 옷을 갈가리 찢어발긴다면 옆구리에 추접하게 박힌 빨갛고 파란 네온테트라의 비늘을 들켜 버릴 게 분명했다.

"네 인생은 이제 실패한 거야, O. 제발 좀 꺼져."

그 순간 J의 집게손가락에서 손목으로, 손목에서 팔로, 팔에서 온몸으로 얼음이 내달렸다. 기어코 J의 온몸을 얼린 얼음은 발을 타고 바닥으로 퍼진 후 온 교실을 뱀처럼 기어올랐다. 투명한 창문에 순식간에 성에가 끼고 칼날 같은 바람이 휘몰아쳤다. 눈앞이 번쩍하는 동시에, 귀가 아플 정도의 천둥이 쳤다. 누군가 소리를 칠 때마다 그 음성은 송곳 같은 얼음이 되어 교실 벽에 박혔다.

나는 얼어붙은 J와 눈을 맞추고 있었다. 기어코 눈발이 흩날렸다. 개중에 몇 개는 나에게 내려앉았으나 녹아내리지 않았다. 내 몸 또한 너무 차가웠기 때문이다. 온몸이 얼어붙은 아이들은 삐걱거리는 턱만 겨우 움직여 서로를 공격하다가, 이윽고 고요해졌다. 모든 것이 완전히 얼어붙었고 교실은 희게 질렸다. 괴로울 자격이 없는 나만 덩그러니 남아 있었다. 나는 도망쳤다.

뜨거운 것을 삼켜야 한다는 생각이 들었다. 달리고 있는데도 체온이 도무지 높아지지 않았다. 나는 학교 앞 가게로 뛰어들었다. 컵라면을 사서 뜨거운 물을 부었다. 다 익을 때까지 기다릴 여유가 없었다. 마음 같아서는 정수기에 입을 대고 뜨거운 물을 내 안으로 욱여넣고 싶었다. 그렇게 물을 마시고 마시다가 배가 터져 죽는 상상을 했다. 마치 솔기가 터져 버린 가방처럼 말이다. 나는 뜨거운 컵라면을 먹으며 울었다. 주인아주머니가 시큰둥한 반응을 보였다.

"시험 좀 못 볼 수도 있는 거지. 학생, 공부가 인생의 전부는 아니야."

아주머니가 혀를 찼다. 진심이 느껴지지 않는 조언이었다.

"학생, 그런데 왜 그렇게 떨어? 여름인데 추워?"

춥지 않을 수가 없었다.

나는 첫 번째 피해자에 대해서 생각했다. 아니, 첫 번째 피해자였던 나에 대해서 생각했다.

학기 초, J는 끔찍한 독감에 걸려 나흘 동안 학교를 결석했다. J는 나에게 연락을 해서 물었다. 수행평가 시험 목요일 맞지? 나는 본능적으로 '응.'이라고 대답했다. 사실은 내일로 당겨졌다는 것을 알고 있었다. 나는 의도적으로 J의 연락을 확인하지 않다가 수행평가 당일인 다음 날 아침, 교실에서 짤막한 메시지를 보내기로 했다.

—헐ㅠㅠ 알고 보니 오늘이래 진짜 미안

막 전송 버튼을 누르려는 순간 J가 교실 문을 열고 들어왔다. '춥다'는 생각이 든 순간, 나는 손끝부터 얼어붙었다. 내가 마지막으로 본 것은 나를 외면하고 자리에 앉아 수행평가 시험 준비를 하는 J의 뒷모습이었다. 나는 그렇게 휴대전화를 든, 완전히 멈춰버린 차갑고 기분 나쁜 유리 세공품이 되었다.

나는 춥고 외롭고 배가 고팠다. 나는 컵라면의 뚜껑을 열고 덜 익은 면발과 국물을 우악스럽게 입 속으로 밀어 넣기 시작했다. 이제까지 애써 외면해 왔던 질문에 대해서 생각했다. 왜 얼어붙었을까. 사실은 알고 있었다. 단지 인정하기 싫을 뿐이었다.

그렇다면 나는 이제 어디로 갈 것인가. 나는 먹던 컵라면을 팽개치고 달리기 시작했다.

거리에 있는 모든 사람들이 한 방향을 향해 전력 질주 중이었다. 나는 당연하다는 듯 그 대열에 합류했다. 젖 먹던 힘까지 내어 달렸지만 어떤 이들은 내 어깨를 치고 앞서 나갔다. 나는 뒤로 밀려날 수밖에 없었다. 날은 조금 더 추워졌다.

나는 계속해서 달리다가 굽은 길에 설치된 볼록거울 앞에 홀린 듯이 멈춰 섰다. 볼록거울 덕에 넓어진 시야로 길 전체의 모습이 비쳤다. 물소 떼 같은 사람들은 나를 제치고 저 너머로 사라졌다. 나는 내 뒤에 있는 길에서 나에게로, 눈을 돌렸다.

머리카락은 가닥가닥 얼어 버석거렸고, 숨을 몰아쉬느라 가슴은 가쁘게 오르내리고 있었다. 뺨을 만졌다. 거칠고 건조했다. 내 눈동자가 갈색이라는 사실을, 내 어깨가 가냘프다는 사실을, 그러나 내 눈썹은 짙다는 사실을, 새삼스럽게 깨달았다.

나는 네온테트라가 아니었다. 그래, 나는 네온테트라가 아니었다.

나는 거울을 등지고 서서 내가 가고 싶은 방향으로 걸어갔다. 뛰지 않았다. 늦지 않았으니까. 아직 목적지는 없다. 그러나 길을 잃은 것은 아니다. 더는 나부끼지 않을 것이다. 나는 내게 물살에 저항할 힘이 있다는 것을 믿는다.

문득, 아주 미약하게나마 편안해지는 기분이 들었다. 나는 소스라치게 놀라 거울 밖을 두리번거렸다. 먹구름에 가려졌던 해가 다시 모습을 보이기 시작했다. 얼었던 세상이 녹고 있었다. 처마에서 물방울이 떨어졌다.

김 학 찬 … 엄마의 아들

〔준비〕

아들과 단둘이 살다 보니, 저도 김치는 사 먹는 편이에요. 직접 담그면 손도 많이 가고 재료값도 너무 많이 드니까요.

우리 김치는 매끼 식탁에 오르고, 모두 김치를 먹지만 지역마다, 집집마다 맛이 달라요. 김치야말로 그 집의 개성이 드러나는 한국 음식이 아닐까요? 자녀 교육도 김치와 같아요. 그래서 오늘 이야기 반찬으로 김치를 선택했어요. 부모님들이 자녀 교육에 관심을 갖지만 방식은 각자 다르잖아요? 자, 김치와 자녀 교육, 아니 자녀 교육과 김치, 아니아니, 명문대 의대를 보내는 비결 강좌를 시작해 볼까요?

뭐니 뭐니 해도 질 좋은 재료가 가장 중요해요. 다른 어머님들도 비슷하시겠지만 저는 특별히 유기농, 무공해인지를 따져요. 유기농 좋은 줄은 다들 아실 테고 저는 무공해에 대해 말씀드릴게요. 농약이나 비료만 안 치고 길렀다고 다 유기농, 무공해가 아니에요. 요즘은 시골도 먼지나 매연투성이인 곳이 얼마나 많은데요. 아파트 텃밭에서 직접 길렀다고 그게 어디 무공해인가요? 주차장의 자동차 매연 생각하면 그런 말 못 하죠. 정성도 중요하지만 청결이 우선이에요.

무공해 채소는 비닐하우스에서 나온 게 좋아요. 비닐은 외부의 더러운 공기를 차단하고 햇볕은 통과시켜요. 태양에너지는 고스란히 받고 외부의 공기는 최대한 막았으니 매연 따위가 앉을 틈이 없어요. 좋은 환경은 자녀의 건강, 자녀의 집중력으로 이어져요.

아는 분에게 특별히 부탁해서 준비한 배추예요. 그분은 비닐하우스에 클래식 음악도 틀어 주고 좋은 그림도 걸어 둔답니다. 유명한 화가의 그림이었는데, 누구였더라, 아주 비싼 그림이었는데……. 크고 싱싱한 게 맛있어 보이죠? 자, 잘생긴 배추를 소금물에 절이세요. 네다섯 시간 정도 절여야 되는데 오늘은 시간 관계상 미리 절여 둔 배추를 쓰기로 해요. 우리는 모두 바쁜 사람들이니까요.

*

그녀는 부른 배를 부여잡고 울었다. 엄마 말을 들었더라면. 그녀는 엄마의 반대를 무릅쓰고 결혼했으나 임신 칠 개월 만에 남편과 사별했다. 남편을 처음 소개했을 때, 그녀의 엄마는 고개를 저었다. 명 짧은 얼굴이라고 했다. 무슨 소리야 엄마. 그녀는 웃었지만 엄마는 진지했다.

어디까지나 사고였다. 교통사고는 누구나 당할 수 있다. 남편은 멀쩡하게 인도 위를 걸어가다가 갑자기 뛰어든 자동차에 목숨을 잃었다. 그녀의 남편도 그지 어쩌다 보니, 불행한 교통사고를 당한 것이지만 이상하게 엄마의 '명 짧은 얼굴'이라는 말이 잊혀지지 않았다.

그녀의 엄마는 과부였다. 그녀의 외할머니도 과부였다. 그녀의 증조할머니 역시 과부였다. 고조할머니가 과부였는지는 알 수 없지만, 어쨌든 이제 그녀까지 포함해서 4대는 확실하게 과부가 되었다. 모두 임신한 상태에서 남편을 잃었고 낳아 보니 배 속의 아기는 모두 딸이었다. 굳이 계산해 보지 않아도 드문 확률이었다.

달리 생각해 보면 그녀의 증조할머니는 일제강점기에 살았고, 그때는 징용이다 뭐다 해서 남편을 잃는 경우가 많았다. 그녀의 외할머니는 6·25를 겪었고, 전쟁 통에 남자들이 많이 죽는 것은 당연했다. 그녀의 아빠는 건축 현장에서 안전 설비 없이 일하다가 죽었다. 경제 성장에 바빴던 때였고 안전 불감증도 지금보다 더 심했다. 격변의 한국 현대사를 생각해 보면 그녀 집안의 내력은 어쩌면, 평범한 건지도 몰랐다.

꿋꿋하게 잘 살면 되리라 생각했다. 그런데 남편을 떠나보내고 두 달이 지났을 때, 그녀의 엄마는 의사에게 예전에 완치된 줄 알았던 암이 전혀 다른 곳에서 또 발견되었으며, 수술도 어렵다는 선고를 받았다. 그녀의 엄마는 한 달도 더 살지 못했다. 한꺼번에 가족을 둘이나 잃은 그녀는 몹시 울었다.

일어나면 울고, 자기 전에 울면서, 그녀는 오랫동안 생각했다. 엄마 말을 듣지 않아 후회했던 기억들이 떠올랐다. 엄마 몰래 방학 숙제를 내던지고 나가 놀다가 못에 찢긴 왼쪽 팔의 흉터는 여름이 올 때마다 신경 쓰였다. 지겹다고 마음대로 그만둔 피아노, 계속 쳤더라면 지금쯤 멋진 연주회를 하고 있을지도 몰랐다. 같은 피아노 학원에 다녔던 친구 미희는 피아니스트로 꽤 이름을 날리고 있었다. 피아노 학원 선생님은 미희보다 그녀의 재능을 더 사랑했다. 대학 입시 때도 엄마 말대로 교육 대학에 원서를 냈다면 어땠을까. 아무리 좋은 대학을 나와도 여자가 대기업에 취직하는 것은 힘들었고, 취직해서 오래 다니려면 슈퍼우먼이 되어야만 했다.

엄마 말을 듣지 않아서, 고집 때문에, 남들보다 반 발짝 뒤처진 걸까. 그저 남들보다 반 발짝 늦어졌다고 생각했는데, 시간이 지날수록 좀처럼 따라잡기 힘들었다. 두 배, 세 배의 노력 끝에야 겨우 따라잡거나 아예 포기해야만 하는 일들이 많았다.

모든 불행이 엄마 말을 듣지 않아서였을까? 그녀는 유일하게 남은 가족인 배 속의 아이만큼은 무슨 일이 있더라도 제대로 살게 해 주겠다고 결심했다. 의사는 파란 옷을 준비하라고 했다. 그녀는 아이가 딸이 아닌 것이 4대째 내려오는 지긋지긋한 과부 가문의 운명이 끝났다는 계시처럼 느껴졌다. 그래, 끝이야. 내가, 끝을 내자.

엄마 말을 무조건 믿고 고분고분 따라오도록 모든 것을 계획하고 설계하자. 아이의 반발마서도 내 예측 안에서만 가능하도록 만들자. 그녀는 요람에서 무덤까지 아이를 완벽하게 자신의 통제 아래에서 키우겠다고 다짐했다. 스물두 시간의 진통 끝에 나온 아이는 역시 아들이었다. 그녀는 회복실에서 혼자 울었고, 눈물을 닦으며 더 이상 울지 않겠다고 다짐했다. 길고 긴 계획의 시작이었다.

〔양념 만들기〕

다시마나 멸치를 넣고 끓인 물을 살짝 식혔다가 찹쌀가루를 풀어요. 묽은 죽처럼. 이것도 시간 관계상 미리 준비해 둔 것을 쓸게요. 여기다 고춧가루를 풀어요. 역시, 당연히, 유기농, 무공해죠.

고춧가루 하면 태양초인데, 마음 놓고 믿을 수는 없어요. 물론 햇볕 좋고 비 안 오는 곳에서 말린 고춧가루는 저절로 때깔이 예쁘고 곱지요. 하지만요, 어머님들, 갑자기 비가 온다면요? 트럭이라도 지나간다면? 고춧가루도 교육과 똑같아요. 좋은 곳에서 말리더라도 갑작스러운 사고는 있어요. 아무리 좋은 학군 명문 학교라도 학교 폭력과 왕따 문제는 있듯 말이에요. 차라리 건조기로 말리는 게 낫지요. 태양초보다 맛은 조금 떨어지겠지만 깨끗하고 안심할 수 있으니까요.

학교에 보내지 말라는 게 아니에요. 학교는 가야죠. 명문 학교로 꼭 보내야지요. 좋은 학교에 보내되, 그것만으로 안심하지 말고 더욱 아이의 모든 행동과 성적에 관심을 두라는 말이죠. 좋은 학교에 입학했다는 이유로 학교가 알아서 하겠지, 하는 어머님들이 많으시던데, 천만에요. 말리던 고춧가루 위에 소나기가 오는 것까지 학교에서 막아 주지는 못해요.

고춧가루를 듬뿍, 열심히 따뜻한 물에 풀어요. 설탕도 넣고 다진 마늘과 생강도 넣고, 양파, 새우젓도요. 향을 은은하게 해 주는 미나리, 알싸하면서 고춧가루와는 다른 매운맛을 내는 쪽파도 잊지 마세요. 재료는 아끼지 말고 듬뿍 넣어야 해요. 향이 날아가긴 하겠지만 무는 미리 채 썰어 뒀어요. 처음 직접 김치를 담그던 기억이 나네요. 우리 아이도 옆에서 이것저것 거들어 준다고 했었는데. 소금, 하면 낑낑거리며 가져오고 자기가 주걱으로 직접 저어 보겠다고 조르기도 했어요. 제가 주방에서 뭘 하건 내다보지도 않은 지 오래되긴 했네요. 뭐, 그 시간에 책이라도 한 장 더 보는 게 바람직하죠.

어렸을 때부터 확, 잡는 게 가장 중요해요. 조금만 머리가 커졌다 싶으면 부모 말 잘 안 듣거든요. 여기 오신 분들의 아이는 대부분 이미 중고등학생이죠? 조기교육 이야기는 간단하게만 하고 넘어갈게요. 아직 초등학생 자녀를 둔 분도 몇 분 있으니 잠깐만, 아주 잠깐만 이야기할게요.

*

아들의 첫 번째 반항.

그 전에도 사소한 반항들은 있었다. 가령, 텔레비전을 포기하지 않는다거나, 억지로 먹인 약을 마치 일부러 그러는 듯 토한다거나, 다섯 살이 넘어서도 이유 없이 밤에 잠을 자지 않고 우는 것 등이었다. 그러나 아들의 첫 번째 진짜 반항은 이런 것들과 달랐다. 아들은 여섯 살 때 계획적으로, 확실하게 그녀에게 반항을 했다.

아들은 친구 집에서 놀다가 6시까지 집에 돌아오기로 했다. 친구 집에 가는 것은 자주 있는 일이었다. 일찍 퇴근한 그녀는 8시까지는 화를 억눌렀다. 9시가 돼도 오질 않자, 그녀는 아들의 친구 집에 전화를 걸었다.

"어머, 오늘 저희 집에서 자는 거 허락받았다던데요?"

"엄마, 오늘 자고 가도 된다고 했잖아? 친구랑 게임할래."

아들의 목소리는 천연덕스러웠다. 맙소사, 태연한 거짓말이라니. 어떻게 이럴 수가. 그녀는 아들의 반항을 처음부터 뿌리 뽑고 그다음에 나는 싹들마저 죄다 뽑아 버릴 생각이었다.

그녀는 알고 있었다. 책에서 자녀들이 첫 반항을 할 때 부모가 대응하는 방법에 대해 충분히 공부했다. 아이의 반항은 부모를 싫어해서가 아니라 자기 자신을 처음으로 인지하기 때문이며, 자연스러운 일이다. 지나치게 혼내면 매사에 겁을 먹거나 소극적인 성격이 될 수 있다. 반대로, 반항을 그대로 내버려 둔다면 버릇없고 참을성 없는, 제멋대로인 성격이 될지도 모른다. 나처럼 되면 안 돼. 반항은 막고 의욕은 꺾지 않아야 했다.

그녀는 다음 날 집에 아들이 돌아왔을 때 아무 말도 하지 않았다. 아들이 자신을 찾아도 대답하지 않았다. 아들의 눈을 똑바로 보기만 했다. 아들이 원하는 과자를 사 주지 않았고, 텔레비전이나 컴퓨터도 못 하게 했다. 아들이 떼를 쓰건 울건 내버려 두었다. 아들이 밤에 깨서 자신을 찾아 울 때면 금방이라도 뛰어가고 싶었지만 참았다. 아들이 잘못을 빌기 전까지 그녀는 철저하게 아들을 투명인간 취급했다. 아들만 바라보고 사는 그녀에게는 울고 싶은 싸움이었다.

〔버무리기〕

자, 이제 가장 중요한, 속을 채우는 과정입니다. 처음 김치 담그는 분들은 양념 양 조절하기 어려울 거예요. 양념을 너무 아끼면 맛이 없고, 처음부터 팍팍 넣다 보면 나중에 부족해요. 그나마 양념이 남으면 괜찮은데, 부족하면 참 막막하죠. 절여 둔 배추는 저만큼 쌓여 있는데.

교육도 배추 속 채우는 것과 비슷한 것 같아요. 김치는 다 양념값이잖아요. 양념은 늘 부족해요. 이것저것 많이 시키면 좋겠지만 가정 형편도 생각해야죠. 뭐든지 배우게 하고 싶지만 어디,

돈과 시간이 마음같이 되나요. 교육은, 아니 양념은 효율적으로 재워야죠.

또, 자녀가 공부에 금방 싫증 내면 어쩌지, 너무 일찍부터 스트레스받는 것 아닌가 하는 걱정들 있으시죠? 양념 자체에 질릴 수 있으니까요. 자, 이래서 작전이 중요해요. 작전을 잘 세우고, 확실하게 자녀를 어머님들 통제에 둘 것. 현명한 소수의 어머님들만이 자녀 통제에 성공하죠.

사춘기 때는 성(性)에 대한 문제가 가장 어렵죠. 대화는 안 되고, 성적인 것에 관심만 많고, 어디 사고라도 쳐 봐요, 어휴……. 자녀의 앞날을 위해서, 사춘기에 대해 이야기해 볼게요. 사춘기도, 성도 다 컨트롤할 수 있어요.

*

그녀는 아들이 열 살 때부터 아들의 사춘기를 대비했다. 갈수록 사춘기가 빨라지기 때문에 미리부터 준비할 필요가 있다고 책에서 읽었다. 그 책에는 "그냥, 아니, 몰라"가 사춘기에 접어든 자녀들의 상징과도 같은 말버릇이라고 쓰여 있었다. 그녀는 아들이 중학교에 들어가자 더욱 더듬이를 세웠다.

아들이 중학교에 입학한 지 삼 개월쯤 지난 어느 날이었다. 아들은 집에 들어오자마자 그녀에게 인사만 대충 하고 허겁지겁 제 방에 들어갔다. 그녀는 아무 생각 없이 저녁을 차리고 아들을 불렀으나 대답이 없었다. 그녀가 부르면 강아지처럼 금방 쪼르르 달려왔었는데. 살며시 아들의 방문 손잡이를 돌려 보았지만 철컥, 소리만 나고 열리지 않았다.

생각해 보니 꽤 오래전부터 오늘 어땠냐고 물었을 때 아들의 대답이 잘 들리지 않았다. 그녀는 좀 더 예민하게 눈치채지 못한 자신을 책망하며 안방에 들어가 책을 펼쳤다. 무수히 반복해서 읽은 책에는 다음과 같이 쓰여 있었다.

"열세 살 전후부터 시작되는 사춘기는…… 자의식이 강해지기 때문에…… 대우받고자 하는 마음이 생긴다. 부모의 말에 무조건 반항하는 경우가 많으며…… 성에 대한 관심 역시 무작정 억누르면 실패감, 좌절감을 느낄 수 있고 이것은 향후 아이가 성인이 되었을 때 잘못된 형태로 영향을 끼치기도 하는데…… 부모 역시 갑작스러운 아이의 행동에 당황하거나 화를 낼 수도 있으나…… 가장 좋은 방법은 부모가 미리 아이의 신체 변화를 짐작하고 능동적으로 대처해 나가는 것……."

그녀는 아들을 더 부르지 않고 조용히 밥을 먹었다.

10시가 지나자 아들의 방문이 열렸다. 그녀와 눈을 맞추지 못하는 아들의 얼굴은 복잡해 보였다. 그녀는 말없이 몸에 해로워 구워 주지 않던 삼겹살을 사 왔다. 사춘기에 접어든 아들은 어떤 일에 에너지를 썼기 때문에 배가 무척 고플 것이다. 아들은 아무런 일도 없었다는 듯 왕성히 밥을 먹고 다시 방에 들어가서 문을 잠갔다.

여름방학이 시작될 무렵 아들은 거실에 있던 컴퓨터를 자신의 방으로 옮기고 싶다고 말했다. 거실은 시끄럽고, 집중해서 숙제를 하기 어려우며, 더러 친구들과 채팅을 할 때 두드리는 키보드 소리는 그녀에게도 시끄러울 것이며, 겨울에 거실은 추운데 혼자 있으면서 난방을 하는 것은 자원 낭비라고 했다. 그녀가 웃으며 지금은 여름이라고 말하자 아들은 얼굴이 붉어지며 에어컨 전기료에 대해 떠들었다. 여기까지 해 두는 것이 좋겠어. 컴퓨터를 자신의 방으로 옮겨 달라는 말은 오래전부터 예상했다. 계속 이유를 물으면 아들은 할 말이 궁색해진 나머지 고집만 피우겠지. 궁지에 몰린 쥐는 고양이를 문다. 그럴 기회조차 주지 않는 게 좋겠지. 그녀는 아들의 요청을 너그럽게 허락했다.

그 후에도 그녀는 아들의 그런 행동들에 특별히 신경을 썼다. 티슈가 떨어지지 않게 꼭꼭 챙겨 주고 10시부터 12시까지는 조용히 안방에 들어가 있었다. 다만, 12시가 넘어서 아들이 잠자리에 들지 않는 것에 대해서는 거실에 나와 책을 보는 식으로 눈치를 줬고, 암묵적인 규칙을 가르치는 데 성공했다. 한두 시간 정도 방에 혼자 있을 수는 있지만 그 이상은 절대 안 된다. 학업에 지장이 있을 테니까. 그리고 12시 전에는 잠자리에 들어야 키 크는 데 좋다. 아들도 동의한 것 같았다.

아들의 사춘기는 순항이었다. 다른 엄마들이 사춘기에 접어든 자녀들과 힘겨운 씨름을 하는 동안 그녀는 미소를 지을 수 있었다. 쓸데없는 갈등이 적었기 때문인지, 아들은 다른 엄마들을 기죽일 수 있는 성적을 항상 받아 왔다. 어디서나 아들 이야기만 나오면 그녀는 여유 있게 웃었다.

〔차곡차곡〕

자, 이제 거의 다 끝났어요. 속을 잘 채운 김치를 차곡차곡 담기만 하면 됩니다. 어때요, 참 쉽죠?

뭐든 남들 하는 것은 쉽고 간단해 보이지만 막상 해 보면 순서가 잘못된 것은 아닐까, 이렇게 하는 게 맞는 걸까, 괜한 의심도 들고, 실패하면 어쩌나 걱정도 되지요. 제 아이도 그렇게 계획대로 키우고 아이도 잘 따라와 줬지만 대입은 만만치 않았어요. 대학 입시 시험만 딱 치르면 될 줄 알았는데 웬걸요.

실패는 언제나 있어요. 실패와 성공은 쌍두마차와 같아요. 성공에 실패는 필요하고, 실패 없는 성공은 없어요. 하지만 실패가 단지 실패가 아니라면? 실패 역시 계획의 일부라면? 진짜 완벽한 계획이라면 실패까지 고려해야죠. 명문 대학교, 그것도 의과 대학에 보내기 위해서는 아이의 뜻하지 않은 실패도 미리 준비해 두어야 해요. 너그럽게, 모든 것을 감싸 안아야죠. 계획대로 해도 안 된다는 부모님들은 자기가 하고 싶거나, 보고 싶은 계획만 세워서 그래요. 아시다시피 현실은 늘 계획과 다르잖아요?

*

계획은 좋았다. 그녀는 『전문가가 말하는 내 아이 잘 키우는 법』 『똑똑한 자녀 만들기』 『소중한 아이를 위한 101가지 교육법』 『당신도, 당신의 아이도 할 수 있다』와 같은 자녀 교육서를 열심히 읽었다. 대학교 교육학과나 심리학과에서 보는 전공 서적도 샀다. 자녀 교육을 위한 강연회는 아무리 피곤해도 참석했고 텔레비전 방송, 인터넷 상담 사이트도 매일 접속했다. 그녀는 아들의 탈선까지 고려한 다양한 대응 방법을 갖춰 두었다.

가령, 그녀는 자신이 선택한 장난감들로만 채워진 바구니를 아들에게 주고, 그중에서 마음에 드는 것을 고르도록 했다. 그러면 아들은 자신이 장난감을 선택했다고 믿었다. 그녀의 교육은 '바구니에 든 장난감 고르게 하기'와 같았다.

그녀는 단 한 번도 아들에게 공부하라는 말을 해 본 적 없다는 것을 자랑스러워했다. 공부하라는 잔소리 대신 아들이 스스로 공부하도록 만들었다. 어렸을 때부터 책을 가까이할 수 있는 환경을 갖춰 주었다. 화장실 휴지까지 항상 영어 단어가 인쇄되어 있는 것을 챙겨 주었다. 박물관이나 전시회 같은 체험 학습에도 돈을 아끼지 않았다. 누가 뭐라고 해도 공부는 환경이 만드는 것이다. 그녀는 그렇게 생각했다.

부모들이 공부하라는 말의 역효과를 몰라서 잔소리를 하는 것은 아니다. 그래도 어떻게 공부하라는 말을 한 번도 하지 않을 수 있을까? 그녀는 책을 읽으라고 잔소리하는 대신 독후감을 쓰면 용돈을 줬다. 얻고 싶으면, 해라. 공부가 곧 돈이 될 수 있다는 것을 체험하게 했다. 아들은 삼 년 내내 전교 1등을 했다. 딱 한 번, 전교 6등을 하긴 했지만 반에서는 1등을 놓친 적이 없었다. 그녀의 엄청난 끈기와 치밀한 계획 덕분이었다.

아들은 대학 입시에 실패했다. 합리적인 그녀는 스스로에게 이해시켰다. 입시는 반드시 실력대로 되지 않는다. 혹시라도 아들이 기대에 미치지 못하게 되더라도 격려해 주리라 다짐했다. 그러나 아들이 태연하게 들고 온 성적은 예상했던 것보다 훨씬 낮았다. 그녀는 아들에게 소리치고 싶은 충동을 간신히 참았다. 믿을 수 없는 성적표를 보여 주면서도 저녁 반찬을 물어보는 아들의 얼굴에서 배신감마저 느꼈다. 어떻게 저렇게 아무렇지도 않은 표정을 지을 수 있을까. 아니, 참아야 해. 참자. 참자. 그녀는 간신히 아들에게 적합한 위로를 해 줄 수 있었다. 정작 아들은 위로가 필요하지 않은 것 같았지만.

목구멍을 탈출하려는 고함은 억눌렀지만 아들의 성적을 납득할 수 없었다. 그녀는 차분하게 자신의 계획을 다시 한번 검토했다. 어디서 실수를 했을까. 그녀는 이미 아들이 진학할 대학교와 학과, 각각의 장단점과 졸업 시기와 졸업 후의 진로까지 다 계산해 두었다. 하지만 아들이 가져온 성적표는 그녀가 생각해 둔 최악의 경우보다도 조금 더 낮은 점수였다. 현실은 늘 최악으로 상상했던 것보다 한 발짝 더 나쁘다.

원서를 쓸 때가 되자 아들이 먼저 그녀에게 말을 꺼냈다. 엄마, 어떻게 해야 해? 그녀는 이때까지처럼 아들에게 너의 의견을 최대한 존중할 생각이며 네가 하고 싶은 것이 엄마가 바라는 것이라고 대답했다. 어떤 길을 선택하더라도 넌 잘할 수 있을 거라고, 한 번 실패는 병가상사라며, 아들에게 넌지시 재수 이야기를 했다. 엄마, 재수는 하기 싫은데. 어떻게 해야 해? 무슨 과를 갈까? 그녀는 아들에게 조금 더 생각해 보자고 말한 뒤 안방으로 돌아가 계획서를 밤새 바라봤다.

그녀는 아들의 모든 것을 뒤졌다. 인터넷부터 휴대전화까지. 좋아하는 여학생이 있는 모양이었다. 그녀는 여학생에게 몰래 연락을 해 만났다. 아들이 반할 만한 아이였지만 고등학생답지 않은 옷차림이 거슬렸다. 이 날씨에 핫팬츠라니. 여학생은 아들에게 관심이 없는 것 같았다.

"아들과 한 번만 만나 주지 않을래?"

"제가 왜 걔를 만나요? 싫어요."

싫어요, 에서 여학생은 입을 내밀었다. 두 여자 사이에 긴 고요가 있었다.

"그럼, 거짓말을 해 주지 않겠니? 명문대 의대를 다니는 남자가 아니면 관심도 없다고."

그녀는 여학생에게 두둑한 용돈을 줬다. 여학생과 프랜차이즈 커피숍에서 헤어지기 전에 그녀는 망설이다 꼭 하나, 이해가 되지 않던 것을 물었다.

"그런데, 왜 우리 아들이 싫니? 공부도 잘하고 얼굴도 그만하면……."

"그게, 아무 재미가 없어요."

"재미?"

"어, 네. 진짠데."

한 달 후 아들은 대학 입학 원서도 쓰지 않고 재수 학원에 등록했다. 그녀의 계획은 또 한 번 성공했다.

〔시식〕

"아무런…… 맛이 없어요."

"호호, 제 김치가 입맛에 잘 맞지 않으신가 봐요. 김치는 지역이나 가정에 따라 워낙 다양하니까, 입맛에 맞지 않는 경우도 있어요."

"저…… 저도 맛이 없는데요."

"네?"

"사실 저도 영 맛이……."

"세 분 다, 말씀이 좀……. 카메라, 잠깐만요."

"저두요. 아무 맛이 나질 않아요. 맛있고 맛없고가 아니에요."

"저, 무미(無味)한데요. 김치가 아니라 그냥 절인 배추를 씹는 것 같아요. 매운맛도 안 나고 말씀하신 미나리 향도 못 느끼겠어요."

"보기에는 정말 먹음직스럽고 색깔도 예쁜데, 직접 먹어 보니 밍밍해요. 짠맛조차 나질 않아요. 배추가 왜 이리 힘없이 흐물흐물하죠?"

*

아들은 다시 한번 대학 입시에 도전해 만족할 만한 성적을 얻었다. 아들은 엄마가 원하는 곳으로 진학하고 싶다고 했다. 그녀가 아들을 키우며 가장 기뻤던 날이었다. 쓸데없이, 혹시라도 하고 싶은 공부를 하겠다고 고집할까 봐 은근히 마음을 졸이던 차였다. 아들은 그녀의 소망대로 명문대 의대에 갔다.

아들의 대학 입학 후 그녀는 예전처럼 은근하게 권하는 것을 그만뒀다. 아들도 이제 성인이니까, 곧바로 말해도 되겠지. 그녀는 아들의 대학 생활에 적극적으로 관여했다. 아들은 사소한 것도 그녀에게 물었다. 그녀는 학점은 어느 정도까지 준비해야 하는지, 학점을 잘 받는 방법은 무엇인지, 교수님 앞에서 어떻게 행동해야 하는지 알려 줬다. 책으로 써도 될 만큼 자세했고 훗날 정말 책도 냈다. 책은 베스트셀러가 되었고, 그녀는 강연을 하러 다니기 시작했다. 오늘 김치와 함께하는 특별 강좌처럼. 착실하게 대학 생활을 마친 아들은 좋은 대학 병원에 인턴으로 들어갔다. 그녀는 아들이 첫 월급을 탔을 때 사 온 빨간 내복을 겨울만 되면 꺼내, 봄까지 입었다.

아들이 인턴 과정에 들어간 뒤에도 그녀의 설계는 계속되었다. 좋은 성적을 받아야 병원의 좋은 과에 지원할 수 있을 테니까. 게다가, 가장 중요한 결혼 문제가 남아 있었다. 참한 며느리를 맞지 못하면 이때까지 그녀가 애쓴 일들이 가루가 될 수 있었다. 아들이 고등학생 때 좋아했던 그 여우 같은 여자애를 떠올리면 그녀는 괜히 속이 더부룩했다. 평소에 아들이 예쁘다는 여자들은 하나같이 얼굴이 뾰족하고 눈웃음을 잘 치는 꼬리 아홉 달린 여우 같은 것들이었다.

그녀의 노력에 마지막으로 큰 박수를 보내자. 마침내 그녀는 좋은 며느릿감을 찾았고, 며느릿감을 설득하는 데에도 성공했다. 그녀가 고른 여자는 어느 우연한 날, 우연히 아들과 마주쳤다. 우연히 아들은 여자에게 도움을 주게 되고, 둘은 커피를 마셨다. 정말 우연히 여자는 아들의 취향에 잘 맞았다. 아들은 여자를 자신의 운명이라 여기는 것 같았다.

그녀는 이제 아들과 함께 산의 절반쯤 올랐다고 생각했다. 결혼했다고 해서 어디 다 어른이겠는가. 앞으로도, 아직도 그녀에게는 많은 계획이 남아 있었다.

*

아들

인생도 누군가에게 부탁할 수 있다. 아들은 이런 삶을 후회하지 않았다. 아들은 고등학교 1학년 때, 중간고사 시험을 치고 집에 일찍 들어왔다. 큰 키를 위해 냉장고에서 우유를 꺼내 마시다가 식탁 위에 있던 공책을 보게 되었다. 미처 덮지 못한 공책에는 엄마의 글씨가 빽빽하게 박혀 있었다. 아들의 입에서 우유 한 방울이 공책 위에 떨어져 아주 작은 얼룩을 남겼다.

의심보다, 그저 황당했다. 이게 사실일까? 마치, 소설 같잖아. 하지만 자신의 과거와 공책의 내용이 비슷했다. 그냥, 소설이겠지? 아무리 봐도 이상한 일기 같았다. 공책의 몇 대목이 마치 예언서처럼 자신의 미래를 알아맞힌 몇 달 후에야 아들은 엄마가 자신을 어떻게 키워 왔는지 깨달았다.

아들은 놀라긴 했지만, 고민하지 않았다. 아들은 열일곱 살, 축구와 컴퓨터를 좋아하고 시험 성적에 예민한 고등학생이었다. 별 생각 없이 엄마가 쳐 놓은 그물에서 벗어나려는 몸짓을 해 보다가 그만뒀다. 그물에 몸이 살짝 스치는 것도 귀찮았다. 잠깐, 고민이 어떤 거였더라? 아들에게는 그런 질문을 하는 것보다는 다음 시험에서도 1등을 하는 게 더 중요했다. 고민 대신 공부를 한 덕분에 아들은 다음 시험에서도 거뜬히 1등을 할 수 있었다.

대입 시험에서 실패했을 때, 어차피 엄마가 모든 것을 알아서

할 테니, 아들의 마음은 편안했다. 적당한 대학과 과를 찾거나, 재수 학원을 알아보거나, 뭐든 엄마가 알아서 준비하겠지. 아들은 그동안 하지 못한 컴퓨터게임을 실컷 했다. 예상대로 엄마는 성적표를 보고 위로의 말을 건넸다. 아들은 계속 즐겁게 게임을 했다. 알아서 될 것이다.

대학 입학 후 아들은 다른 친구들처럼 이것저것 고민하며 갈팡질팡하지 않았다. 낭비되는 시간이 있을 리 없었다. 엄마는 예전보다 더 자신 있게 아들에게 상세한 조언을 건네 왔다. 아들도 무엇인가 결정해야 할 때는 곧바로 엄마에게 전화를 했다. 아들에게 대학 생활은 중고등학교 시절과 같았다. 의대 공부에 흥미를 가진 적은 없었지만 거부감도 들지 않았다.

그래도 결혼만큼은 스스로 결정했다고 자부했다. 아주 예전부터 연애결혼을 꿈꿔 왔다. 선이라니, 너무 낡았잖아. 엄마가 반대하는 결혼을 할 생각은 없지만, 그래도 결혼은 사랑하는 여자와 해야 하는 것 아니겠는가.

아들은 오랫동안 엄마에게 여자를 소개시키지 않고 뜸 들였다. 혹시 엄마가 반대하면 어쩌지? 결혼은 마음이 가는 대로 하고 싶지만……. 아들은 만나면 만날수록 자신의 마음에 드는 행동만 골라 하는 그녀를 놓치고 싶지 않았다. 그녀처럼 자신과 잘 맞는 사람은, 엄마 빼고는 본 적이 없었다. 고민 끝에 여자를 집으로 데리고 갔을 때 다행히 엄마가 웃었다. 휴, 아들은 안도하며 운명은 있다고 믿었다.

아들은 침대에 누워 자신 정도면 효자라고 생각했다. 아들도 결혼이 독립이라고 생각하지 않았다. 독립보다 편한 게 있는데, 대체 왜? 편안한 삶은 계속 이어질 것이다. 계속.

전삼혜··· 하늘의 파랑, 바다의 파랑

가하는 보육원 마당에 서서 하늘을 올려다보았다. 공중 도시 상층부에서 깜박이던 불빛도 거의 다 꺼진 깊은 새벽이었다. 곧 태양이 뜨겠지.

가하는 어둠 속에 뿌려진 빛나는 별을 보며 눈을 가늘게 떴다. 한때 저곳으로 가고 싶어 했던 것을 가하는 후회하지 않았다. 그러나 지금, 공중 도시에서 가장 낮은 곳으로 가는 것도, 어쩌면 땅 위에 발을 디뎌야 할지도 모르는 생활을 택한 것도 가하는 후회하지 않았다. 보육원 정문 앞에 배웅 나온 비오 수사가 손을 흔들었다. 가하는 눈을 감았다 떴다. 경비대 기숙사로 가져갈 짐은 가방 몇 개로 충분했다. 더 낮은 곳으로 가는 발걸음이 즐거운 것은 처음이다. 아니, 처음이 아니다.

안녕, 잘 있어.

아마 지금쯤, 나루는 해저 중앙 도시로 가기 위해 집을 나섰을 것이다.

만 년 전. 끝없이 멀어지기만 하던 대륙들은 지각변동을 통해 다시 한 점으로 몰려들기 시작했다. 대륙은 지구가 처음 생겨났을 때처럼 하나의 거대한 판게아로 바뀌어 갔다. 숱한 지진과 화산 폭발로 지구의 몸이 흔들릴 때마다 대기가 바뀌고 기온이 바뀌었다. 사람들은 더 이상 인간이 만물의 영장임을 선언하지 않았다. 대기 중의 산소 농도가 짙어지자 곤충들의 몸집이 빠르게 커졌다. 사람들은 살길을 찾아 두 무리로 나뉘었다. 공중 도시를 건설하는 사람들이 있었고, 해저 도시를 건설하는 사람들이 있었다. 그리고 두 집단은 서로 다르게 변해 갔다.

백 세대 전의 내 조상은 왜 공중 도시를 택한 걸까. 어린 가하는 과학 수업을 들으면서 생각했다. 그때도 가하의 몸에는 높은 곳의 아이들이 던진 돌과 쓰레기에 맞아 생긴 흉터가 있었다. 높고 부유한 사람은 높은 곳에, 낮고 가난한 사람은 낮은 곳에 사는 것이 공중 도시의 질서였다.

사람들이 지상에 살던 때에도 돈 많은 사람들은 초고층 아파트에 살았겠지. 그래 봤자 지금 공중 도시의 최하층보다 낮았겠지만 말이다. 어린 가하의 상처에 약을 발라 주며 비오 수사는 이렇게 말하곤 했다. 보육원은 공중 도시의 가장 낮은 지역에 있었다. 높은 곳으로 물을 끌어 올리려면 많은 돈이 들기 때문에 어쩔 수 없는 선택이었다.

낮은 곳에 선 아이가 높은 곳을 동경하는 것은 공중 도시에서는 자연스러운 일이었다. 고등교육을 받게 된 날, 비오 수사는 가하에게 졸업하면 뭘 하고 싶으냐고 물었다. 가하는 한 치의 망설

임도 없이 대답했다. 인공위성 관제 센터에 갈 거예요. 가장 높은 곳으로요. 비오 수사는 말없이 교복을 입은 가하의 어깨를 털어 냈다. 부모가 없는 아이들은 보육원에서 고등교육까지만 받을 수 있었다. 그 이상의 학업은 스스로 돈을 벌어 감당해야 했다.

"너네 빨리 안 자? 11시 넘었어. 곧 12시라고."

가하의 말에도 아랑곳없이 베드로 반의 아이들은 재잘대기에 여념이 없었다. 여섯 살부터 여덟 살까지의 남자아이들 일곱 명이 부대끼는 베드로 반은 하루도 조용할 날이 없었다. 가하는 시계를 쳐다보고 한숨을 쉬었다. 비오 수사님, 오늘은 안 된다고 그렇게 말씀드렸는데 왜 이 꼬맹이들을 나한테 맡기신 거야.

가하의 다리에 아이 하나가 달라붙었다.

"가하 형, 무서운 얘기 하나만 해 주면 잘게. 응?"

"화장실 못 가려고? 안 돼."

가하가 고개를 젓자 아이들이 우르르 가하의 다리를 붙잡고 늘어졌다. 형, 하나만. 응? 하나마안. 모란앵무 여러 마리가 빽빽대는 것 같은 소리에 가하는 인상을 썼다. 가하는 두 손으로 얼굴을 쓸어내렸다. 하여튼 남자애들은 골칫덩어리야. 아이들은 눈치 빠르게 제각각 침대로 올라가 앉았다. 가하는 헛기침을 하며 목청을 가다듬었다. 새벽 1시가 되면 지상으로 내려가는 게이트가 닫힌다. 최대한 빨리 아이들을 재워야 한다는 조바심이 차올랐다.

"그래서, 물속에서 해저 인간이 쓰으으윽 올라오는데…… 코가 있어야 할 자리에 콧구멍만 딱!"

가하가 코를 손으로 가리고 얼굴을 쑥 내밀자 아이들이 이불 속으로 파고들며 깔깔거렸다. 가하도, 아이들도 해저 도시에 사는 사람들을 직접 만나 본 적은 없었다. 정부의 높은 사람이나 외교관쯤 되면 모를까. 방송에 나오는 해저 도시의 사람들은 공중 도시의 사람들과 얼굴이 미묘하게 달랐다. 얼굴이 좀 더 평평하다고 해야 하나, 물고기를 닮은 것 같았다.

코가 없다는 이야기는 괴담처럼 공중 도시에 퍼져 있었다. 해저 도시에서는 물속의 산소를 더 효과적으로 들이마시기 위해 호흡기관을 아예 바꿔 버린다고 했다. 코를 잘라 버리고 아가미로 숨을 쉰다는 것이다. 물론 실제로 코가 없는 해저 도시 사람을 봤다는 사람은 없었지만, 가하의 조잡한 흉내만으로도 상상력 풍부한 아이들은 눈을 반짝이며 재미있어했다. 몇몇 아이가 벌써 잠이 든 듯 새근대는 숨소리가 베드로 반 안에 퍼졌다.

"잘 자라, 꼬맹이들."

"잘 자, 가하 형."

가하는 가방과 고글을 챙겨 보육원을 나섰다. 비오 수사가 가하를 보고 싱글싱글 웃었다.

"그래, 베드로 반은 다 잠들었고?"

가하가 입을 삐죽 내밀며 투덜거렸다.

"네. 아주 잘 잠들었으니 걱정 마세요. 아무튼 다녀올게요."

신발 끈이 잘 매어지지 않았다. 가하가 신발 끈을 쭉쭉 잡아당겨 푸는 사이, 비오 수사가 나지막하게 말했다.

"미안하다. 밤마다 나가게 해서."

가하는 어깨만 으쓱해 보였다.

인공위성 경진 대회에서 쓸 부품을 구하려면 돈이 필요했다. 인류가 지표면에 살던 때 쏘아 올렸던 구세대 인공위성들은 수명을 다하고 다시 지구로 떨어졌다. 돈이 부족한 아마추어들은 구세대 인공위성이 떨어진 곳을 어림짐작해 지도를 만들어 공유했다. 지상에 내려가는 것은 위험한 행동이었지만, 지상과 공중 도시를 지키는 경비대도 어느 정도는 눈감아 주는 일이었다. 고등교육 수준 경진 대회의 인공위성이라면 수명을 다한 부품들로도 충분히 만들 수 있었다. 간혹 아직 쓸 만한 부품을 발견하면 내다 팔아 돈을 벌 수도 있었다. 그러므로 비오 수사가 가하에게 미안해할 부분은 없었다. 비오 수사가 가하를 고아로 만들어 보육원에 데려온 것도 아니었고, 인공위성 경진 대회에 나가라고 등떠민 것도 아니었으니까. 가장 높은 곳에 올라가고 싶다는 것은 순수하게 가하의 의지였다. 지금과는 다르게 살고 싶었다. 차별받지 않고, 비웃음당하지 않으며.

가하는 내려가야 할 위치를 확인하고, 지문 인식기에 손을 댔다. 지상으로 내려가는 게이트가 열렸다.

기압이 높아지면서 공기의 밀도가 달라졌다. 땅에 발을 디딘 가하는 잠시 비틀거렸다. 머리를 내리누르는 것 같은 느낌을 고개를 저어 털어 냈다. 이건 높은 고도에 사는 아이들이 낮은 고도에 사는 자신을 놀릴 때 하던 몸짓이다. 그리고 그때마다 날아들던 돌멩이.

가하가 내려온 곳은 아직 해가 지지 않아 하늘이 붉었다. 해가 완전히 지기 전에는 움직이고 싶지 않았다. 가하의 몸집만 한 드래곤플라이나 육식 풍뎅이가 잠들 때까지는 가만히 있는 게 현명했다.

해가 완전히 지고 나자, 가하는 서둘러 발을 내딛었다. 이번에 떨어진 구세대 인공위성은 비교적 최근에 만들어졌기 때문에 누가 주워 가기 전에 서둘러야 했다. 반년 후에 있을 인공위성 경진대회에서 최고상을 받아야 항공학과에 들어갈 수 있고, 졸업 후 인공위성 관제 센터에 갈 수 있었다. 그렇게 되면 지금과는 다른, 위로 올라가는 삶을 살 수 있을 것이다. 가까이에 바다가 있는지, 공기 속에서 짙은 습도가 느껴졌다.

열과 빛을 감지하는 고글을 쓴 가하가 말했다.

"좋아, 가자."

숲을 지나니 곧 해변이었다. 아직 식지 않은 모래가 붉게 빛을 발하고 있었다. 그리고 저 멀리 붉은 모래 위에서 모래보다 더 강한 열을 발하고 있는 금속 덩어리들이 보였다. 낙하 지점 지도는 정확했다.

가하는 부품 하나하나를 가방 안에 집어넣었다. 운이 좋다면 위성 표면을 덮는 특수 강판, 더 운이 좋다면 통신기를 주울 수 있을지도 모르겠다는 생각이 들었다. 가하는 휘파람을 불었다. 먹이를 찾은 새처럼 가늘고 푸르게 들뜬 소리. 소리는 서늘한 바람처럼 공기를 가르며 화살이 되어 날아갔다.

가하의 가방은 조금씩 차올랐다. 차가운 밤공기에 금속과 모래가 빠르게 식어 가는 것이 느껴졌다. 모든 게 식어 버리고 나면 고글이 제 기능을 하지 못해 금속 물체를 찾는 건 불가능했다. 그렇다고 불을 켜면 곤충의 표적이 될 것이다. 내일 다시 내려올까. 가하는 가방을 벗어 놓고 바닥에 주저앉았다. 내일은 그 꼬맹이들이 일찍 잠들…….

그때 등 뒤에서 강한 바람이 불어왔다. 가하는 앞으로 밀려나려는 몸을 간신히 지탱했다. 뒤를 돌아본 순간, 가하의 눈이 크게 떠졌다.

"……!"

커진 눈 안으로 폭발하듯 강렬한 빛이 쏟아져 들어왔다. 다리 하나가 가하의 몸통만 한 육식 반딧불이었다. 젠장, 수천 개의 겹눈이 가하를 주시하고 있었다.

가하는 앉은 채로 천천히 뒤로 물러났다. 바다로 들어가야 했다.

물이 필요해. 몸을 감춰야 해.

수영을 전혀 못한다는 건 중요한 일이 아니었다. 어떻게든 몸을 숨겨야 했다. 반딧불은 물 안에 있는 먹이를 인식하지 못한다.

반딧불은 여섯 개의 다리로 가하를 정확하게 겨누며 다가왔다. 가하의 몸도 조금씩 바다에 가까워졌다. 손끝에 마른 모래가, 젖은 모래가 닿더니 미끈거리는 바닷물이 닿았다. 조금만 더…… 라고 생각하며 가하가 손을 뒤로 뻗었을 때, 반딧불도 가하의 몸 위로 다리를 뻗었다.

끝장이다.

가하는 눈을 질끈 감았다. 마지막으로, 힘을 모아 구해 달라는 길고 높은 소리를 뽑아냈다. 아기 새가 천적을 발견했을 때 엄마 새를 부르는 소리. 가하에게는 엄마가 없었지만, 그 소리는 본능적으로 터져 나왔다. 그 순간 무언가가 아주 강하게, 가하를 물속으로 끌어당겼다.

물, 미끈거림, 짠맛, 계속 끌려 들어감, 거품, 아래로, 더 아래로, 암흑, 몸을 짓누르는 압력. 숨을 쉴 수가 없어. 옷을 잡은 걸 보면 발톱이 있는 종인가? 그럼 물고기는 아닐 텐데. 뭐야. 넌 뭐야? 누구야? 아니, 누구라도 좋으니까 좀,

살려 줘!

가하가 몸부림을 쳐도 가하를 붙잡은 무언가는 계속 아래로

향했다. 귀와 코와 입에 바닷물이 가득 차는 것 같았다. 가하가 반쯤 정신을 잃고 몸을 늘어뜨리자 아래로 끌고 내려가던 움직임이 멎었다. 그리고 좀 전보다는 느리게, 위로 올라가기 시작했다. 가하는 가물거리는 정신을 붙잡으며 생각했다. 죽는 줄 알았네.

가하의 몸이 물에서 건져져 바위 위에 얹혔다. 허리 위쪽은 바위에, 허리 아래쪽은 바다에 잠긴 채 축 늘어진 가하의 몸을 무언가가 흔들었다. 가하의 눈, 코, 입이 동시에 열리며 물을 토해냈다. 가하는 미친 듯이 콜록거리며 몸 안에 남은 바닷물을 뱉어냈다. 누군가 배를 쥐어짜는 것처럼 기침이 멈추지 않았다. 쌕쌕거리는 금속성의 소리가 가하의 입에서 튀어나왔다. 소리는 멀리 퍼져 나가려다가, 가까이 있는 무언가에 부딪혔다.

가하는 간신히 눈을 떴다. 수면 위에 까맣고 긴 머리카락이 넘실거리고 있었다. 사람, 아마도…… 사람이었다. 가하는 기침을 멈췄다. 그 애가 귀에서 손을 뗐다. 여자아이였다. 아이의 까만 눈동자가 한심하다는 듯 가하를 보고 있었다.

갑자기 여자아이가 손을 뻗어 가하의 얼굴을 만졌다. 따뜻하지만 가하의 체온보다는 낮은 손끝이 가하의 콧날, 눈, 귓가를 넘나들었다. 익숙하지 않은 접촉에 가하는 당황했지만 고개를 돌리지는 않았다. 까만 머리카락을 귀 뒤로 쓸어 넘긴 여자아이가 입을 열었다.

"……너는, 누구야?"

말, 이었다. 해저 도시와 공중 도시 사이에 공용어로 쓰이는 언어. 그 애는 부드러운 목소리로 가하에게 누구냐고 물었다. 가하가 대답하지 않자 여자아이가 다시 말했다.

"나는, 나루야. 해저 도시에 살아."

아픔과 추위, 눈앞에 있는 여자아이의 정체에 대한 호기심, 난감함, 물에 흠뻑 젖은 옷의 무거움. 공용어로 표현하기엔 너무 복잡한 감정들이었다.

가하의 소매 끝에서 물이 뚝뚝 떨어졌다. 가하는 젖은 소매로 얼굴을 훔치고, 갈라진 목소리로 대답했다.

"나는, 가하야. 공중 도시에 살아."

자신을 나루라고 말한 그 여자아이는, 다시 손을 뻗어 가하의 얼굴을 탐색했다. 눈과 눈 사이, 코와 입 사이를 부드럽게 더듬던 손길이 입술에 닿자 가하는 고개를 돌렸다. 자신이 서 있던 해변이 보였다. 도저히 혼자서 헤엄쳐 올 수 없는 먼 거리였다. 허리 아래를 휘감은 바닷물이 출렁일 때마다, 여자아이의 다리가 가하의 다리에 닿았다가 떨어졌다. 여자아이는 어깨 아래를 물에 담근 채 물결에 다리를 내맡기고 있었다. 가하는 더듬더듬 공용어로 물었다.

"네가 날 데리고 온 거야?"

"응."

"여긴 어디야?"

"바다."

"바다…… 어디야?"

"몰라."

가하는 바위 위에 걸터앉아 무릎을 끌어안았다. 목숨을 건졌다는 안도감보다 바다에 갇혔다는 공포감이 더 컸다. 대체 어떻게 집으로 돌아가야 하지? 아니, 돌아갈 수는 있을까? 추위가 몸을 후비고 날카롭게 곤두선 신경이 머리 내부를 찔렀다. 위턱과 아래턱이 딱딱 부딪혔다. 나루가 팔을 뻗어 가하의 다리를 안았다. 젖은 바지 너머로 나루의 가슴과 온기가 느껴졌다. 가하는 움찔거리다가 포기하고 다리에 힘을 뺐다. 그래, 어떻게든 방법이 있을 거다. 육지는 멀었고, 어두운 밤이었다. 날이 밝기를 기다리는 수밖에 없었다. 그나저나 이 여자아이는 왜 돌아가지 않는 거지? 해저 도시에 사는 사람들은 물 밖으로 나오는 일이 별로 없을 텐데? 가하는 공용어로 생각들을 표현하는 게 무리라고 판단했고, 그 대신 몸으로 말했다. 나루의 어깨를 툭툭 치고, 나루와 시선을 맞추고 물 아래를 손으로 가리켰다. 그러자 나루가 대답했다.

"새벽에는 큰 물고기들이 돌아다녀. 해가 뜨기 전엔 못 돌아가."

가하가 고개를 끄덕였다. 그러면 우리는 둘 다 해가 뜰 때까지 여기 있어야 하는 거구나. 한숨이 나왔다. 외국인, 혹은 외계인. 자신을 기다리고 있는 이들을 떠나 낯선 존재와 하룻밤을 보내야 한다는 건 유쾌한 일은 아니었다. 하지만 이 망망대해에서 의지할 곳이라고는 공용어를 잘하는 해저 도시 여자애 하나뿐이었고, 그것은 몸에 밀어닥치는 바닷바람만큼 분명한 현실이었다.

그때 물 아래에서 강한 진동이 느껴졌다. 나루가 흠칫 몸을 떨었다. 그러고 보니 아까 큰 물고기들이라고 했지……. 가하는 몸을 웅크려 바위 위에 자리를 만들었다. 그리고 손을 뻗어 나루를 잡았다.

"이 위로 올라와. 같이 있자…… 아침까지."

나루가 바위 위로 올라왔다. 발가락 사이의 물갈퀴를 보고 가하는 입을 벌렸다. 정말이구나. 우리와 다르구나. 나루는 젖은 머리카락을 비틀어 짜며 가하를 보았다. 무언가를 묻듯이 빤히 바라보는 나루의 표정에 가하는 괜히 얼굴이 붉어졌다. 나루가 말했다.

"안 들려?"

아, 해저 도시에서는 음성이 아니라 생각으로 서로 대화한다고 했지. 나루는 아마도, 가하에게 무슨 말인가를 걸고 있었던 모양이었다. 가하는 고개를 저었다. 안 들리는구나. 나루는 그렇게 생각한 듯, 가하에게 몸을 기댔다. 소금기 어린 바람이 두 개의 몸을 스치고 잡아당기고 밀었다. 아마도 해가 뜨고 나야 위로 돌아갈 수 있겠지. 구조탄을 써야겠다. 가하는 주머니 안에 들어 있는 구조탄을 만지작거렸다. 날이 밝을 때까지, 둘은 공용어로 서

툰 대화를 나눴다. 가하가 물으면 나루가 대답했고, 나루가 물으면 가하가 대답했다. 언어가 충분하지 못해 질문은 언저리를 맴돌다 떨어졌고, 대답은 가닿지 못했다.

경비대에게 구조되고, 왜 위험하게 바다 한가운데에 있었냐며 신나게 혼이 난 후, 가하는 반성문을 썼다. 함부로 바다에 뛰어든 것에 대한 반성이었다. 경비 대원 도균은 자신이 빌려준 헐렁한 티셔츠 차림인 가하를 보고 피식 웃었다.

"물에 빠진 생쥐가 따로 없더라. 너, 그렇게 작아서 누가 만 열일곱으로 보냐?"

"도균 형, 옷 빌려준 건 고마운데 시비는 걸지 마요. 전 언어가 달려서 반성문 쓰기 되게 힘들거든요."

입만 살아 나불대지, 라고 말을 하면서도 도균은 세탁한 가하의 옷을 가져다주었다. 해변에 둔 채 잊어버린 가방도 함께였다. 가하의 눈이 반짝였다.

"형 최고! 완전 사랑해요. 이거 내 목숨만큼 귀중한 건데!"

"목숨만큼 무겁기는 하더라. 인공위성 부품이지? 안 가져오면 네가 또 내려가서 사고 칠 거 같아서 특별히 챙겼지."

"고마워요. 진짜로."

가하는 가방을 받아 한쪽에 놓았다.

도균은 반성문을 쓰는 가하에게 물었다.

"항공학과에 가겠다는 애들은 많은데, 너처럼 목숨 걸고 애쓰는 애는 처음 봤다. 대체 이유가 뭐냐?"

가하는 연필을 쥔 손을 멈추고 도균을 물끄러미 올려다보았다.

"누구나 비슷하지 않아요? 위로 올라가고 싶은 거."

"그러니까, 왜 올라가고 싶냐고."

"그야……."

가하는 다시 손을 움직였다. 잘못했습니다, 다시는 그러지 않겠습니다, 반성의 말을 기계적으로 써 나가며 가하는 중얼거렸다.

"계속 다른 사람들을 올려다보며 살고 싶지는 않아요."

그런데 정말로 이상한 건, 보육원으로 돌아와 호된 꾸지람을 듣고도, 다음 날 학교에 나가서 얼빠진 녀석 소리를 듣고도, 가하의 머릿속에 맴도는 바닷물의 촉감이었다. 손을 뻗으면 손끝에 닿는 것처럼, 누워 있으면 옷에 스며드는 것처럼 생생했다. 아니, 바닷물보다 뜨거웠다. 체온이었다. 가하보다는 낮던, 그러나 밤공기보다는 높던 체온. 그리고 바위에 낀 이끼만큼 부드럽게 흩어지던 목소리.

'나는, 나루야.'

바다는 어둠이었다. 아래로 내려갈수록 높아지는 압력, 낮아지는 수온, 비틀린 듯 이상하게 생긴 물고기들. 어둠은 언제나 무서웠다. 엄마와 아빠는 어둠 속에 있었다. 가까이 가면 더 어두운 곳으로, 더 먼 곳으로 사라졌다. 그런데 그 어둠 안에 사는 사람을 만나게 될 줄이야.

'해저 도시에 살아.'

다리에 닿던 부드러운 감촉, 어깨에 닿던 까만 머리카락. 새벽 추위를 피하기 위해 가까이 붙어 앉았던 시간. 공용어가 그렇게 다정한 언어인 줄은 몰랐다. 바닷물의 무거움이 부드럽게 느껴질 수 있다는 것도 상상해 본 적이 없었다.

어쩌다가, 이렇게 된 걸까. 가하는 인공위성 부품을 닦던 손으로 머리를 감쌌다. 그리고 책상을 뒤져 공용어 교과서를 찾았다.

일주일이 지나 가하는 다시 지표면으로 내려갔다. 해변을 서성거리다가, 크게 심호흡을 하고 바닷물로 들어갔다. 몸에 와 닿는 묵직하고 거대한 어둠이 가하를 받아 안았다. 처음으로, 가하는 사람이 몸에 힘을 빼면 물 위에 뜬다는 것을 알았다. 물 위에 뜬 채로 하늘을 보자 몸은 천천히 조류를 따라 나아갔다. 공중 도시에서 볼 때도, 물 위에 누워서 볼 때도 하늘은 아득하게 멀고 멀었다. 기분이 나쁘지 않아서 가하는 눈을 감았다. 밤이 깊어지기 전, 가하는 쉼과 헤엄을 반복하며 바위에 닿았다.

"만나서, 반가워."

이 말을 하고 싶어서.

가하의 수영 실력과 공용어 실력은 빠르게 늘어 갔다. 학교가 끝나면 보육원으로 돌아와 저녁때까지 잠을 잤다. 일주일에 한 번씩 해가 지면 지표면으로 내려와 부품을 줍고, 밤이 깊어지기 전 바위까지 헤엄쳐 갔다가 나루를 만나고 돌아왔다. 가하의 팔에는 조금씩 근육이 붙었다. 그러나 가하의 발가락 사이에 물갈퀴가 돋는 일은 없었다. 어릴 적, 새가 되고 싶다고 아무리 간절하게 기도해도 등에 날개가 돋아나지 않았던 것처럼.

다음 만남을 기다리는 시간이 너무 길어서 가하는 공용어로 쉽게 대화할 수 있는 사이트를 찾아냈다. 가하와 나루는 서로가 나눌 수 있는 수많은 이야기를 나눴다. 무엇을 좋아하는지, 사는 곳은 어떤지, 꿈이 무언지. 나루는 해저 도시의 심해 조사 연구원이 되고 싶다고 했다. 그러려면 졸업 후에 호흡기관을 바꾸는 아가미 수술을 받아야 한다고 했다. 자신은 고래증후군이라는 병이 있기 때문에 주기적으로 수면 위로 올라와 지상의 공기를 마셔야 한다고, 고래증후군을 고쳐야만 심해 조사 연구원이 될 수 있다고 했다. 화면을 가득 메운 나루의 말을 읽다가 가하는 다른 창을 띄워 고래증후군에 대해 찾았다.

고래증후군. 심해와 해수면을 지속적으로 오가며 신체의 균형을 맞춰야 하는 병. 해저 도시에서만 발병되며 아직 정확한 원인은 파악 불가. 아가미 수술을 통해 치료할 수 있다. 나루는 일종의 장애를 안고 있는 셈이었다. 나루는 보다 더 물고기에 가까워지기 위해 애쓰고 있있다.

그렇다면, 나는?

가하는 자신의 손바닥을 내려다보았다. 한때, 손 대신 날개가 달리게 해 달라고 빈 적이 있었다. 새가 되고 싶었다. 생물은 어류에서 양서류로, 파충류로 진화했고 포유류와 조류로 나뉘었다. 포유류는 새가 될 수 없다. 하지만 공중 도시의 사람들은 조금씩 변해 가고 있었다. 최상층 아이들의 골밀도가 환경에 적응하기 위해 점점 낮아지고 있다는 연구 결과가 끊임없이 쏟아져 나오고 있었다. 꼭 최상층에서 태어나지 않아도, 기압이 낮은 곳에서 오랜 시간 생활하면 골밀도는 변한다. 삼 년간 우주와 관제센터를 번갈아 가며 근무한 사람들의 골밀도가 줄어들었다는 최근 연구 결과가 창에서 반짝이고 있었다.

높은 곳에 한번 적응한 골밀도는 다시 높아지지 않을 것이다. 그러면 지상의 압력을 견디지 못할 수도 있다. 지표면에서 걷고 달리고 구르면 뼈가 부러질 수도 있다. 다시는 내려갈 수 없을지도 모른다. 다시는.

나루를 만나지 못할지도 모른다.

가을이 지나고 겨울이 가까워지고 있었다. 인공위성 경진 대회는 겨울에 열렸다. 계절이 바뀌면서 바닷물은 나루와 처음 만났던 여름보다 훨씬 차가워졌다. 그러나 가하에게는 이제 바닷물의 한기와 거센 물살이 아무런 방해가 되지 않았다. 무거운 옷을 입고도 바위까지 헤엄칠 수 있게 되었다. 잠수했다가 다시 수면 위로 올라오는 순간 밀려드는 차가움이 두렵지 않았다.

"조금 있으면 겨울이 올 거야. 그렇게 되면 바다에도 눈이 내릴 거야."

해저 도시에는 겨울이 없어서, 나루는 눈을 본 적이 없었다. 가하는 나루의 손바닥에 육각형의 결정 모양을 그리며 말했다. 이렇게 생긴 아주 작은 눈송이들이 셀 수 없이 하늘에서 바다로 떨어질 거야. 아주 작은 물방울들이 얼어서 내리는 거지. 그러니까……

같이 보자, 라고 말하려는 순간 나루가 입을 열었다.

"엄마랑 싸웠어. 가하 네 이야기를 했어. 좋아하는 남자아이가 생겼다고. 공중 도시에 살지만 나와 다르지 않은 사람이라고. 그랬더니 엄마가 말했어. 너, 이제 수술 한 달밖에 안 남았어. 심해 조사 연구원이 되고 싶은 거면 수술을 꼭 받아야 해……. 엄마 표정이 굉장히 복잡했어."

가하는 입술을 깨물었다.

"아가미 수술을 해도, 수면 쪽으로 올라올 수 있어?"

가하가 물었다.

"응. 올라올 수 있어."

나루는 확신에 차서 고개를 끄덕였다. 가하의 목 안에서 무거운 덩어리가 밀치고 올라오는 것 같았다.

"하지만…… 말은 못 하게 되는 거지?"

공용어는 성대와 코 안의 빈 공간인 비강을 사용해서 말해야 한다. 수술을 하면 비강의 구조가 변해 소리를 낼 수 없고 대화를 나눌 수 없다. 공용어를 쓰는 사람들은 방송인이거나 수면 위아래를 자주 넘나드는 특수한 직업을 가진 사람들인데, 심해 조사 연구원은 그들과는 거리가 멀었다. 오로지 더 깊이, 더 깊이 바닷속으로 들어갈 뿐이다. 나루는 입을 벌렸지만 소리가 나오지 않았다. 가하는 손을 뻗어 나루의 손을 잡았다.

그렇구나.

나루는 해가 뜬 뒤에도 바닷속으로 돌아가려 하지 않았다. 가하는 나루를 두고 혼자 해변으로 헤엄쳐 갔다. 몸은 물에 뜨는데, 마음은 점점 더 가라앉는 것 같았다.

알고 있었다. 고래증후군에 관한 연구 결과뿐 아니라, 해저 도시와 공중 도시 인류의 변화를 다룬 자료는 모두 찾아서 읽었다. 골밀도가 달라지듯, 물갈퀴가 생겨나듯, 해저 도시와 공중 도시 사람들의 DNA는 이미 달라져 있었다.

나루와 나는 다른 인간이야.

그 후로 나루는 수면 위로 올라오지 않았다. 두세 번 허탕을

친 이후로는 가하도 내려가지 않았다. 가하는 촉박한 시간 속에서 밤늦게까지 경진 대회를 준비했다. 그러면서도 틈틈이 메시지를 보냈다. 이제 점점 추워지고 있어. 네가 걱정돼. 보고 싶어. 답장 줬으면 좋겠다. 메시지는 '읽음'이라는 알림만 남겼다. 나루의 목소리가 그리웠다.

드디어 인공위성 경진 대회 날이 왔다.

가하는 에스컬레이터와 엘리베이터를 다섯 번 갈아타고 나서야 경진 대회가 열리는 B타워에 도착할 수 있었다. 가하가 평생 와 본 곳 중 가장 높은 곳이었다. 참가자들의 학교와 지역이 실린 명단을 보고, 가하는 자신이 여기 모인 50명의 아이들 중에서 가장 낮은 곳에 사는 사람이라는 것을 알 수 있었다. 가하는 주변의 사진을 찍어 나루에게 메시지로 보냈다. 하늘은 흰빛과 푸른빛의 경계에 걸쳐 있었고 건물들은 높이 솟아 있었다. 가장 높은 곳에 관제 센터가 있었다. 사람들의 모습을, 건물을, 가하는 나루에게 보냈다.

경진 대회는 닷새 동안 열렸다. 첫째 날 저녁까지 인공위성 발사체를 만들고, 다음 날 아침 동시에 발사하고, 궤도에 올라 통신이 되는지까지를 확인해야 한다. 가하는 배정받은 방에 가서 짐을 풀어 놓았다. 배터리가 다 떨어져 가하의 단말기는 불통이었다. 가하는 식당 근처에 있는 공용 단말기를 이용해 음성 메시지를 들었다. 비오 수사의 목소리, 베드로 반 아이들의 응원이 담겨 있었다. 막 단말기를 끄려는 찰나, 새 메시지가 도착했다.

"난 거기서 살 수 없어."

나루였다.

경진 대회는 성공적으로 끝났다. 낡은 부품들로 만든 발사체였지만 가하가 만든 위성은 궤도에 진입해 성공적으로 통신을 완료했다. 종합 성적은 50명 중 네 번째였다. 최고상은 못 받았지만 항공학과에 지원할 때 가산점은 얻었다. 게다가 심사위원 중 한 명이 가하에게 연락처를 주었다. 특별 장학 재단을 설립하려고 하는데, 생각이 있으면 연락을 달라고 했다.

가하는 심사위원의 연락처를 단말기에 저장했다가 곧 지워 버렸다. 단말기 바탕화면은 수평선 위로 막 해가 떠오르는 바다 모습이었다. 어느 새벽 가하가 찍은 사진이었다. 나루와 만나던 바위 위에 서서 바라본 바다는 끝도 없이 넓고 아득했다. 이 어딘가에 나루가 있을 거라는 생각에 가하는 밤새도록 바위 위에 앉아 있었다. 빛이 새벽 하늘을 가를 때 가하는 나루가 오지 않을 거라는 걸 알고 사진을 찍었다.

말해 주고 싶었다. 오래도록 공중 도시의 가장 높은 곳에 가는 것을 꿈꿔 왔지만, 이제는 하늘이 아니라 아래쪽을 내려다보는 일이 더 많아졌다고. 바다가 더 이상 무섭지 않다고. 바다가 어둠이 아니라는 것을 나도 이제 알게 되었다고. 어둠 속에 너를 두고 싶지는 않으니까, 나는 이제 바다가 어둠이라고 생각하지 않을 거라고.

가하는 저지대로 돌아왔다. 학교에 가서 인공위성 경진 대회 성적표를 제출했다. 최고상이 아니어서 안타깝다는 선생님의 말에 희미하게 웃으며 그러게요, 라고 대답했다. 이제 어떻게 할 거니? 라는 말에는 침묵을 지켰다.

보육원은 조용했다. 밤이 늦어 아이들은 모두 잠들어 있었다. 가하는 비오 수사의 방으로 갔다. 수사는 가하에게 자리를 내주었다.

"4등이라니, 잘했구나."

"……."

"학비는 어떻게든 해결할 수 있지 않을까? 너는 재능이 있으니까 말이지."

"……신부님, 저요."

가하는 무릎 위에 가지런히 얹은 자신의 손을, 무릎 아래로 보이는 맨발을 내려다보았다. 물갈퀴가 없었다. 손에는 깃털이 없었다. 어류도, 조류도 아닌 모습. 그렇다고 나루와 완전히 같지도 않은 모습.

"경비대에 들어갈래요."

비오 수사의 표정이 착잡함으로 어두워졌다. 높은 곳에서 일할수록 좋은 직업이라는 게 공중 도시 사람들의 일반적인 생각이었다. 지상까지 내려가서 때론 위험을 무릅써야 하는 직업. 사람들은 경비대를 그렇게 생각했다. 공중 도시의 가장 어둡고 낮은 곳에서 도시와 사람들을 지키는 사명을 감당하지만 누구도 원하지 않는 일.

"가하야."

"좋아하는 여자애가 생겼어요."

비오 수사의 표정이 묘해졌다.

"그게 경비대하고 무슨 상관이냐?"

가하는 피식 웃었다. 말을 해 놓고도 이상하다는 생각이 들었다. 그렇지만 수사님, 수사님은 신을 사랑하기 때문에 수사가 되신 거잖아요. 신을 사랑하니까, 이렇게 말썽 많은 어린애들도 돌보면서 사는 거잖아요. 그렇게 따지면 저도 같아요. 따지고 보면 더 나은 삶을 향한 집착, 높은 곳을 향한 동경, 신을 향한 숭배, 한 여자애를 향한 설렘, 불쌍한 사람을 향한 연민…… 모두 애정이잖아요. 애정으로 장래를 선택한다는 거, 그렇게 이상한 일은 아니잖아요. 그러니까, 저는……

"경비대에 들어가고 싶어요."

공용어도 아닌데 왜 이렇게 생각을 표현하는 게 힘이 들까요. 차라리 나루하고 이야기할 때는 쉬웠어요. 공용어로 하지 않아도 서로의 마음이 다 전해지는 것 같았거든요. 솔직히 저, 공부 잘하는 애는 아니잖아요. 공용어도 엉망진창인 나를 나루는 다 이해하는 거 같았어요. 저도 나루가 무슨 생각을 하는지, 저는 해져 도시에서 사는 것도 아닌데, 이해할 수 있었어요. 인정받고 싶어서, 더 이상 낮은 곳에 살고 싶지 않아서 관제 센터에 들어가서 인공위성을 다루고 싶었어요. 그런데 이제 제가 저를 인정해도 되지 않을까 싶어서요. 제가 바다를 좋아한다는 거. 제가 좋아하는 여자애가 바다에 산다는 거. 그러니까 바다와 가장 가까운 곳에서 일하고 싶다는 거.

"그 애가 정말 좋아요."

가하는 달력에 표시해 둔 날짜를 보았다. 경비대에 들어가기로 마음먹은 이상, 교육을 더 받을 필요는 없었다. 경비대 기숙사에 들어가서 경비대 학교를 다녀도 충분했다. 달력에 표시해 둔 날짜는 나루의 수술 날짜였다. 졸업 축하한다는 메시지를 보냈지만, 나루는 답장이 없었다. 가하는 보육원을 나가기 위해 챙겨 둔 짐을 돌아보았다. 아마도 이번이, 민간인으로 게이트를 이용하는 마지막 기회가 되지 않을까. 출입 통제 센터에 도착한 가하는 해변의 좌표를 입력하고, 게이트를 열었다.

바위의 좌표를 알아 둘 걸 그랬어. 그러면 헤엄치지 않고도 바위에 바로 도착할 수 있을 텐데. 하지만 수영 실력은 절대 늘지 않았겠지. 익숙하게 물을 가르며 가하는 생각했다. 바위 윗부분의 이끼를 잡고 올라가 걸터앉았다. 하늘은 낮고 흐렸다. 겨울의 하늘이다.

얼마나 시간이 흘렀을까. 어둠을 뚫고 나루가 바위 위로 올라왔다. 아니, 어둠이 아니지. 네가 있는 곳이 어둠일 리 없으니까. 그러니까 나도 가장 어두운 곳에서 일하는 게 아니야. 가하는 손을 뻗어 나루의 손을 잡았다. 물에 젖은 두 손바닥이 서로 만났다.

“나루야, 나 경비대 들어갈까?”

먼 곳을 보던 나루가 고개를 돌렸다.

“경진 대회 망쳤어?”

음, 망쳤을 거라고 생각하는 건가. 가하는 괜히 좀 서글픈 기분이 들었다.

“그건 아니고…….”

경비대는 가장 바다 가까이에서 일하는 직업이거든. 너는 네 꿈대로 바다의 가장 깊은 곳으로 들어갈 거야. 그렇다면 나는 내가 있을 수 있는 한, 가장 너와 가까운 곳에 있고 싶거든.

“오늘은 내가 해변으로 데려다줄게.”

나루의 팔이 가하의 허리를 끌어안았다. 물로 뛰어들자 공기를 머금은 옷이 물을 받아 들이며 부풀었다. 처음 나루를 만났던 날처럼, 바다는 고요하고 무거웠다. 그때는 몰랐지. 저 아래에 네가, 네가 사랑하고 아끼는 것들이 숨 쉬고 있다는 걸. 물이 얕아지자 나루는 가하를 놓았다. 둘은 천천히 모래 위로 올라섰다. 발을 내딛을 때마다 젖은 모래가 발아래로 무너지고 밀려들었다. 파도가 닿지 않는 곳에 서자 나루의 맨발에 돋은 물갈퀴가 달빛에 빛났다. 가하는 나루를 끌어안았다. 손에 닿는 등뼈의 느낌, 물에 젖은 머리카락에서 나는 바다 냄새, 뺨과 뺨이 맞닿을 때 느껴지는 서늘함, 어깨에서 팔로 이어지는 선, 물 위로 올라올 때마다 반짝이던 목덜미. 그리고 처음으로 느끼는, 발끝과 발끝의 마주침.

같이 살 수는 없더라도,

가까이에 있을게.

해가 떠오르고 있었다. 나루의 몸이 말라 가고 있었다. 나루가 얼굴을 찡그리자 가하는 옷을 벗어 바닷물에 적셨다. 가하가 티셔츠로 나루의 몸을 덮었다.

"무리하지 마. 돌아가."

가하의 등 뒤에서 숲 냄새를 품은 바람이 불어왔다. 땅 위에 뿌리를 박고 자라는 나무들. 가하도, 나루도 택할 수 없는 길. 가하는 주머니에 손을 집어넣었다.

"운석이야. 인공위성 대회 갔다가 샀어."

나루도 주머니에서 무언가를 꺼냈다. 깨진 조개껍데기로 만든 날카로운 칼이었다.

가하는 보육원 정문을 향해 걸어갔다. 주머니 안에 든 작은 캡슐 안에는 나루의 머리카락이 들어 있었다. 해저 도시와 공중 도시의 과학은 다르게 발달한다. 언젠가는, 머리카락만 가지고도 아이를 만들 수 있을지 모른다. 그러나 그 아이가 가하와 나루의 아이가 될 수는 없을 것이다. 섞일 수 없으니까. 하늘과 바다가 섞이지 않는 것처럼.

만약, 우리가 더 진화한다면, 그래서 우리가 서로 섞일 수 있게 된다면, 사람들은 그걸 뭐라고 부를까? 흐름은 우리를 독립된 개체로 만들려 하는데, 우리는 서로 닮아지기를 바라고 있어. 그럼에도 불구하고, 너랑 나는, 우리가 섞일 수 있는 그 미래를 진화라고 부르기로 하자.

우리는 진화할 거야.

정 연 철…꽝! 다음 기회에

10, 9, 8, 7……,

아이들의 카운트다운이 시작되었다.

4, 3, 2, 1!

한 치의 오차도 없이 종소리가 울렸다. 금강산 구경뿐 아니라 공부도 휴식도 식후의 일이다. 다 먹고 살자고 하는 일 아니겠는가. 이 평범하기 짝이 없는 인생의 대명제 앞에서 나는 지난달까지만 해도 망연자실했었다.

식당은 말벌 들어간 벌통처럼 난리법석이었다. 나는 빛의 속도로 급식을 먹어 치운 뒤 양치는 하는 둥 마는 둥 하고 교무실 문을 열었다. 복도는 왁자하고 선생님들은 시시껄렁한 농담을 주고받고 있었다. 설상가상으로 담임인 할배는 의자를 뒤로 젖힌 채 코를 골고 있었다. 숫제 사자의 포효를 방불케 한다.

화장을 고치던 옆자리 영어 선생님이 눈으로 이유를 물었다.

"점심시간에 상담한다고……."

영어 선생님이 서슴지 않고 할배의 어깻죽지를 흔들다 이내 고개를 절레절레 흔들었다. 포기하고 돌아서는데 할배의 코골이가 딱 멈췄다. 칵, 칵, 호흡 곤란에 이어 활로를 찾지 못해 멈췄던 숨이 입으로 대방출된다.

"왜? 아."

할배는 느리게 눈꺼풀을 열더니 질문과 동시에 짧은 감탄사를 내뱉었다. 그제야 약속을 기억해 낸 모양이다. 할배는 접이식 의자에 나를 앉히고 안경을 콧등에 걸친 채 학생 기초 조사표를 넘겼다. 예상대로 호구조사 수준이었다.

"농업?"

볼펜 끝이 부모님 직업란을 가리켰다.

"네."

"자취?"

"네."

부끄러울 것도 꿀릴 것도 없었다. 할배는 꾸벅꾸벅 조는 것처럼 고개를 끄덕였다. 학력 진단 평가 성적을 확인하고 볼펜으로 장래 희망에 동그라미를 치더니 나를 뚫어지게 응시했다. 중학교 생활기록부 장래 희망란에는 삼 년 내내 CEO라고 기록되어 있다. 중학교 1학년 때 짝의 장래 희망을 커닝했고, 뭔가 있어 보이고 수정하기도 귀찮아서 내리 삼 년을 애용했다. 하지만 이제 나한테도 장래 희망이라는 게 생겼다. 시선을 피하지 않을 테다.

"됐다, 가 봐. 열심히 하고. 지켜보마."

초간단 상담이 끝났다. 이건 예상 시나리오와 다르다. 부모의 직업과 내 생활환경과 장래 희망에 대해 적당한 무시와 시시콜

콜한 질문 공세가 있으리라 생각하고 만반의 준비를 했는데. 허탈했지만 한편으로 기분 째지게 좋았다. 열심히 하라니. 지켜보겠다니. 이런 식상한 격려에 감동받을 줄은 꿈에도 몰랐다. 동서고금을 막론한 성인들, 혹은 주가가 한창 치솟고 있는 스타 강사들의 주옥같은 말보다 위력적이었다. 교무실을 벗어나자 끄르륵, 트림이 나왔다.

8교시 때는, 방과 후 수업을 연기하고 1학년을 대상으로 '변화하고 있는 대입 전형과 맞춤 전략'이라는 주제의 강연이 있었다. 유머를 구사하며 시종일관 여유 만만하게 애들의 환심을 산 강사는 각종 교내 활동과 수상 실적 등 스펙을 얼마나 쌓느냐가 수시 전형 합격의 열쇠가 될 거라고 열변을 토했다. 자기 말만 믿고 따라오면 전교 꼴찌라도 '인서울' 할 수 있다는 사탕발림으로 강의의 대미를 장식했다. 사이비 교주 느낌이 살짝 들었지만 나는 지푸라기라도 잡는 심정으로 강의가 끝난 후 강사한테 필사적으로 매달렸다. 강사는 중학교 때 성적을 묻더니 일고의 가치도 없다는 듯 말했다.

"힘들어."

나는 강사의 이율배반적인 말을 듣고 믿는 도끼에 발등을 찍힌 느낌이었다.

"의사 좋지. 돈 많이 벌고 사회적으로 명성도 얻고. 근데 니가 초인적인 힘을 발휘해서 성적을 기하급수적으로 올린다면 혹 모를까, 지금으로선 불가능에 가까워. 십중팔구 불합격! 현실을 직시할 필요가 있다, 이 말씀이야. 그리고…….”

“강사님 말씀이 틀렸다는 걸 증명하겠습니다.”

울컥해서 강사의 말허리를 잘랐다.

“행운을 빈다.”

강사의 영혼 없는 격려에 꼭지가 돌았지만 이내 이성을 되찾았다. 난 강사의 말 중 ‘불가능에 가까워.’와 ‘십중팔구 불합격!’이라는 말만 접수하기로 했다. 그 말은 불가능하지 않다는 거였다. 십 중 일 이는 합격할 수 있다는 거니까. 강사는 나에게 오기라는 선물을 주었다.

다음 날 아침 전기밥솥이 고장 났다. 쌀과 물의 양은 일정한데 진밥이 되었다가 된밥이 되었다가 제멋대로더니 오늘은 생쌀로 파업을 벌였다. 냄비에 밥을 안쳤다. 머리를 감고 나오니 가스마저 바닥이 나 밥이 되다 말았다. 냉동실에서 비상식량인 초코파이를 하나 꺼내 먹고 등교했다.

특별활동 시간, 예고대로 반장 선거가 있었다. 임시 반장이었던 나는 나를 추천했다. 후보는 총 세 명.

기호 1번 김지환. 입학식 날 신입생 대표로 선서를 한 녀석이다. 지환이는 자기 얼굴이 인쇄된 명함을 나누어 준 뒤 연설을 시작했다. 공약은 세 가지였다. 첫째, 교실 청소를 용역 업체에 맡기고 공기청정기를 비치하겠다는 것. 둘째, 시험 때마다 간식을 제공하겠다는 것. 셋째, 본인은 의대가 목표인데, 의사가 되면 특별 할인가 평생 우대 혜택을 주겠다는 것. 국회의원 후보 연설 빰치는 수준이었다. 애들은 열화와 같은 성원을 보냈지만 웬일로 당사자인 지환이는 하기 싫은 숙제를 겨우 마친 듯 지친 표정이었다. 그런데 의사가 목표라고? 그때부터 나는 종종 라이벌의 일거수일투족을 관찰하기 시작했다.

기호 2번 차소미는 '대한민국은 여자 대통령, 우리 반은 여자 반장!'이라고 쓴 피켓을 들고 모델 워킹하듯 걸어 나갔다. 소미는 화장을 떡칠한 얼굴로 고등학생 시절 평생 잊지 못할 추억을 선사하겠다고 큰소리쳤다. 그러면서 자기 외삼촌이 기획 실장으로 있는 환희엔터테인먼트 소속 아이돌 그룹을 거론하며 여자애들의 호응을 이끌어 냈다.

드디어 내 차례.

"저는 돈도 없고 백도 없고 아는 연예인도 없습니다."

"우우우우!"

애들이 엄지손가락을 아래로 내리며 야유를 보냈다. 자신감 게이지가 급격하게 하락했다. 나는 탁자를 한 번 탁 치고 이목을 집중시켰다.

"뒤를 돌아봐 주십시오."

애들은 호기심 어린 표정으로 일제히 고개를 돌렸다.

"이것이 바로 저의 리더십입니다."

"헐!"

갑자기 머릿속이 백지장이 되었다. 버벅대며 한마디 할 때마다 반응은 썰렁했고, 결국 반을 위해 피땀을 흘리겠다는 상투적인 말과 꼭 뽑아 달라는 우격다짐으로 급하게 마무리를 지었다. 결정적인 한 방이 없었던 나는 보기 좋게 미역국을 먹었다. 서른일곱 표 중 세 표를 얻는 데 그쳤다. 열여덟 표를 얻은 지환이가 반장이 되고 열네 표를 얻은 소미가 부반장이 되었다.

"그동안 임시 반장으로 수고했으니까 다 함께 박수!"

할배가 박수를 유도했지만 소리는 내리다 만 소낙비 같았다.

이어 총무, 서기, 쓰레기 분리수거 도우미, 우유 급식 도우미 등을 선발했다. 교실에선 전쟁 아닌 전쟁이 벌어졌다. 다들 나처럼 학교생활기록부에 한 줄이라도 기록을 남기려는 속셈이었다. 몇 차례의 가위바위보, 그리고 연속되는 꽝! 꽝! 꽝! 꽝! 참패였다.

종이 치기도 전에 지환이 이름으로 피자가 배달됐다. 애들은 가뭄에 물 만난 물고기처럼 파닥거렸다. 나는 열패감을 축구공인 양 뻥 걷어찼다. 축구공은 유리창을 와장창 깨고 저 멀리 날아갔다. 피자 맛은 훌륭했다.

야자 끝나기 오 분 전, 몇몇 애들이 주섬주섬 가방을 챙기더니 복도로 빠져나갔다. 십여 초 뒤에 마치는 종이 쳤다. 녹초가

된 애들을 토해 낸 학교는 이내 잠잠해졌다. 1, 2, 3학년 심자반에서만 불빛이 새어 나왔다. 저기서 지환이는 의대 진학을 목표로 눈에 불을 켜고 공부하고 있겠지. 나는 주먹을 불끈 쥐고 이를 앙다물었다.

아파트 단지를 벗어나 우리 동네 입구에 다다랐다. 임대 아파트 신축 공사 예정지라는 현수막이 개선장군처럼 떡 버티고 있었다. 오르막길을 걷기 시작했다. 과부하에 걸렸던 머리가 조금씩 식는 시간이다. 골목을 꺾어 돌자 깜빡깜빡하는 가로등 불빛이 눈에 들어왔다. 저 불빛이 영 맘에 안 든다.

대문 앞에 LPG 가스통을 실은 트럭이 서 있었다. 좁은 마당에 들어서자 마루에서 상필이가 집주인인 양 손을 흔든다.

"어어서 와. 가스통 가갈았다. 여여태 야자?"

나는 고개를 끄덕이며 상필이한테 가방을 던졌다.

"여역시 인문고 안 간 건 타탁월한 선택이었어. 어? 근데 종태 너 사살 빠졌다. 광대뼈 나온 거 봐. 의의대가 사람 잡는 거 아니냐? 그러게 그 고골치 아픈 거 왜 할려고 하냐?"

"참새가 봉황의 뜻을 굳이 알려고 들지 마라."

"흐흐흐. 다닥터 안! 나중에 의사 되면 생까지 마라. 참, 나 빠빨리 돈 벌어서 니 뒤뒷바라지나 할까?"

"오버한다. 니 앞가림이나 잘해, 짜샤."

"두두고 봐. 대대한민국 가요계의 버별이 될 테니까."

싱어송라이터가 꿈인 상필이는 집안의 결사반대에도 꿋꿋하게 공고에 진학했고, 가입 절차가 무지 까다롭다는 음악 동아리 보컬로 발탁됐다. 말을 심하게 더듬지만 노래 부를 때는 멀쩡한 게 신기하다.

"참, 오늘 어어떻게 됐어?"

"미역국 드셨다."

"차참새 새끼들. 봉황님의 뜨뜻도 모르고."

상필이가 위로랍시고 하는 말에 피식 웃음이 나왔다.

가스값을 계산하고 무심코 냉장고를 열어 보니 까만 비닐봉지가 두 개 들어앉아 있었다. 삼겹살과 상추였다. 퍼 주는 게 특기인 상필이 할머니가 상필이 엄마 몰래 빼돌린 게 틀림없었다.

"콜?"

"콜!"

버너에 부탄가스를 끼우고 불을 켠 다음 불판을 올렸다. 치르르, 상필이가 삼겹살을 굽는 동안 나는 상추를 씻고 쌈장을 만들었다. 상필이가 상추 위에 노릇노릇 구운 삼겹살을 참기름에 찍어 올리고 쌈장을 찍은 마늘을 넣어 크게 싼 다음 내 입에 쏙 넣어 주었다. 맛이 죽여 줬다. 오늘 하루 몸속에 축적된 독소가 다 빠져나가는 느낌이었다.

달달한 믹스 커피를 타 마시고 마루에 앉아 습관적으로 기타를 쳤다. 몇 년 전, 형이 교회 장학금을 받고 쏜 내 생일 선물이었다. 형이 좋아했던 곡, 제이슨 므라즈의 〈럭키〉. 가슴이 찌릿찌릿했다.

상필이가 설거지하면서 연주에 맞춰 노래를 불렀다. 상필이 목소리는 사람 마음을 무장해제하는 묘한 마력이 있었다. 동네 개 몇 마리가 코러스를 넣어 주었다. 중학교 3학년 때 상필이랑 듀엣으로 스타 발굴 오디션에 참가한 적이 있었다. 상필이는 노래, 나는 기타와 코러스로 피처링.

"지역 예선에 토통과했을 때 세상 다 어얻은 기분이었는데. 그때 계속 차참가했으면 지지금쯤 이름 날리고 있을 텐데. 과광고 섭외 막 들어오고, 여학생 패팬들 난리 나고, 떼떼돈 벌고. 악동 뮤뮤지션 운 좋은 줄 알아야 돼. 혀형만 아니었어도……."

나는 피크를 집어 던져 상필이의 다음 말을 막았다. 기타를 툭 밀치자 사운드 홀에서 신음 소리가 울렸다.

"지진짜 미안. 실수. 나는 그그 뜻이 아니라……."

"빨리 가서 니네 집 똥개나 재워라. 시끄럽다."

상필이가 설사 직전인 자세로 안절부절못하다가 뒷걸음질 쳤다.

"기분 푸풀어라."

상필이의 말이 담장을 넘어 들어왔다.

목구멍에 풀칠하기 어려웠던 시절 엄마 아빠는 형을 시골 할머니 집에 맡겼다. 내가 태어나기도 전의 일이다. 갑작스럽게 뇌수막염에 걸린 형은 제대로 치료도 못 받고 뇌성마비 환자가 되었다. 물리치료와 약물 치료와 수술 치료를 병행했고, 다행히 형은 갈수록 발음과 걸음새가 양호해졌다. 대신 집안이 휘청거렸다. 그러나 형은 워낙 머리가 좋았고 의지가 강했다. 사교육 없이도 성적이 타의 추종을 불허했다.

나는 형이 존경스러우면서도 한편 수치스러웠다. 형 때문에 불편한 게 한두 가지가 아니었다. 다른 애들 눈에 형은 여전히 뇌성마비 환자였다. 형이 공부를 잘해도, 좋아하는 여자애가 생겨도 병신 육갑한다며 멸시하고 조롱했다. 가끔은 나한테까지 불똥이 튀었다. 그럴 때면 꼭 똥물을 뒤집어쓴 듯 모멸감이 치밀었다. 그때마다 나는 형한테 심술을 부렸고 가끔은 영영 형이 사라지기를 바랐다.

형의 방어벽은 갈수록 견고해졌고 공부에 대한 집착은 무서울 정도였다. 고등학교 때는 전 영역에서 거의 1등급을 유지했다. 하지만 의대 진학의 꿈이 좌절되자 형은 모든 일에 자포자기했다. 자존심이 유독 강하고 매사에 깔끔을 떨었던 형은 실패 원인을 신체의 결함에서 찾으며 발악했다. 형은 밤이면 잠긴 목소리로 나한테 기타를 쳐 달라고 부탁했다. 기타를 치면 형은 입술을 씰룩거리며 휘파람을 불었다. 울음소리처럼 처량맞았다.

언젠가 형한테 왜 의사가 되고 싶으냐고 물은 적이 있었다.

"돈 벌 거야."

내가 속물이라고 비웃자 형은 엷게 웃었다. "어디다 쓰게?" 하고 물었다면 형은 뭐라고 대답했을까. 이제 난 그 답을 찾고 싶어졌다. 미치도록.

앉은뱅이책상 앞에 앉았다. 양파가 담겨 있는 물컵의 물을 채워 주었다. 양파에서 허연 뿌리가 나오고 쭈뼛쭈뼛 새순이 올라오면서 부쩍 물을 빨아 당기는 것 같았다. 나는 책을 폈다. 머릿속에서 지식이 뿌리를 내리고 새순을 올리는 느낌이었다.

지환이는 반장이 되었지만 학급 일은 제쳐 두고 제 공부에만 몰두했다. 애들한테서 불평불만이 터져 나왔고 할배는 틈만 나면 호통을 쳤다. 그런다고 별반 달라지는 건 없었다.

청소 시간에 밀걸레질을 끝내고 지환이한테 대놓고 물었다.

"선거 공약은 왜 꿩 구워 먹은 소식이냐?"

지환이가 귀에 이어폰을 꽂은 채 나를 빤히 쳐다봤다.

"청소 용역 말이야. 학업에 열중하게 빨리 좀 해결해 주면 안 되냐?"

"선생님께 건의했는데 씨알도 안 먹혀. 공기청정기? 다른 반에 위화감 조성한다고 안 된대. 대신 저게 공기 정화 식물이래. 산세비에리아. 답이 됐냐?"

지환이는 고갯짓으로 벽걸이 프로젝션 텔레비전 아래에 있는 화분을 가리켰다.

"면상이 프라이팬이냐? 아주 다이아몬드 코팅을 했구만."

"애 공부 좀 하게 내버려 둬. 나중에 의사가 될 몸이신데."

어느 틈에 소미가 다가와 지환이 편을 들고 나섰다.

"김지환. 너 성형외과 해라, 꼭! 요즘 돈 대박 많이 번대. 참, 공약 절대 잊으면 안 된다. 특별 할인가 평생 우대."

소미가 지환이한테 사심이 듬뿍 담긴 말로 부담을 주었다. 지환이는 상대하는 것조차 시간 낭비라는 듯 대답 없이 책을 싸 들고 심자반으로 갔다. 나도 자리에 앉아 책을 폈다. 머쓱해진 소미는 애먼 나를 잡고 화풀이했다.

"쌍코피 터지겠다. 사람이 안 하던 짓 하면 어떻게 되는지 알지?"

내가 코대답도 하지 않자 더 접근해서 알짱거렸다.

"근데 넌 의대 가면 뭐 전공할 거야? 혹시 항문외과? 힘들면 수의대는 어때? 하기야 수의사 되는 것도 너한텐 하늘의 별 따기겠다."

"치질 걸리면 나한테 말해. 옛정을 생각해서 깔끔하게 해결해 줄게. 극비로. 그리고 수의사? 것도 괜찮지. 되면 나중에 니네 집 애완견, 쪼끄라고 했냐? 교배시켜 줄게. 특별 할인가 평생 우대가 아니라 무료 서비스로."

"저질 새끼!"

소미 얼굴이 붉으락푸르락 야단도 아니었다. 나는 이어지는 공격을 차단하기 위해 화제를 돌렸다.

"오디션 나간다며?"

"웬 관심. 너 나 짝사랑하냐?"

도끼병 도졌다. 오두방정 떨면서 소문 다 내고 돌아다닌 게 누군데. 하지만 나는 소미의 기대에 부응해 주었다.

"어."

"헐."

"중학교 삼 년에 이어 올해도 같은 반. 휴, 무슨 악연인지 모르겠지만 이 오라버니가 진심 어린 충고 하나 할게. 외삼촌 백 너무 믿다가 외삼촌 신세까지 망치지 말고 얼음 깨 먹고 속 차려, 제발. 외모에 신경 쓰지 말고 실력으로 승부하라고, 진상아."

"어디서 훈계질이야! 성적도 나랑 비슷한 게. 졸라 재수 없어."

"그런 마인드로 오디션 나가 봤자 또 물먹을걸. 100프로!"

"봤어? 내가 언제 오디션 물먹는 거 봤냐고!"

"닭대가리냐? 나더러 상필이 배신하고 너랑 같이 듀엣하자고 온갖 아양 떤 거 잊었어?"

"아, 그때. 너 쫄아서 줄행랑쳤지?"

순간 나는 연필을 탁 놓고 교실 밖으로 나갔다. 혼자 있고 싶었지만 막상 갈 데가 없었다. 이리저리 헤매다가 교직원용 화장실에 가 문을 잠그고 좌변기 뚜껑에 앉았다.

지난 2월, 상필이와 스타 발굴 오디션에 참가했다. 다음다음이 우리 차례여서 휴대전화를 꺼 두려는데 엄마에게서 전화가 왔다. 형이 행방불명되었다는 소식이었다. 가슴이 철렁 내려앉았다.

얼마 전 형은 수시에 이어 정시까지 불합격하고 추가 모집에서도 고배를 마시자 식음을 전폐했고 실어증 증세까지 보였다. 그러나 며칠이 지나자 기력을 차렸는지 늦게까지 스탠드를 켜 놓고 앉은뱅이책상 앞에 앉아 뭔가를 끼적였다. 방황에 종지부를 찍고 재도전의 의지를 불사르는 것 같았다. 내가 합숙 오디션에 참가하러 떠나던 날 아침, 형은 밥도 한 공기 다 비웠다. 엄마 아빠는 조심스럽게 안도의 한숨을 쉬었다. 기타를 메고 대문을 여는 나에게 형은 "파이팅!" 하고 외쳐 주기까지 했다. 그런데 행방불명이라니.

나는 그길로 오디션을 포기하고 부리나케 집으로 돌아와 형을 찾아 헤맸다. 인생에 도움이 안 되는 형한테 화가 치밀었다. 입 밖으로 욕지거리가 새어 나왔다. 온 동네를 샅샅이 뒤졌지만 결국 형은 찾아내지 못했다. 형은 감쪽같이 증발했다.

그날 밤, 악몽을 꾸었다. 공사가 중단된 빌딩 옥상이었다. 귀에 익은 휘파람 소리가 들려왔다. 형은 난간에 걸터앉아 하염없이 허공에 시선을 던지고 있었다. 심장이 오그라드는 것 같았다. 세찬 겨울바람이 형의 머리칼을 헝클어뜨렸다. 흐린 하늘에서 드문드문 눈발이 날렸다. 조심스레 한 걸음 한 걸음 발을 내디뎠다.

그때 갑자기 형의 휘파람 소리가 멈췄다. 제발 제발 제발…….

"오지 마."

형의 목소리는 서늘했다. 자리에서 서서히 일어서는 형은 벼랑 끝에서 외줄을 타듯 위태로워 보였다. 한 줌 재로 스러지거나 그대로 검불이 되어 휙 날아가 버릴 것만 같았다. 나는 타이밍을 놓칠까 불안한 마음에 전력으로 질주했다. 손에 너무 힘이 들어간 탓이었을까. 형을 잡았을 때 형이 휘청거렸다. 안도감에 내 몸에서 힘이 쑥 빠져나가는 느낌이었다. 나는 형의 멱살을 잡고 흔들었다. 미쳤냐고, 돌았냐고, 제정신이냐고, 소리치며 울부짖었다. 눈송이가 얼굴에 닿았다가 금세 녹았다. 정신을 차리고 보니 내 손아귀엔 형의 털목도리만 쥐어져 있었다. 꿈이 어찌나 선명했던지 아직까지 그 순간만 생각하면 아찔하다.

엄마 아빠는 형의 책들과 가방과 통장까지 없어진 사실을 확인하고 한시름 놓는 것 같았다. 하지만 경찰에 신고하고 나서도 전단지를 뿌려 가며 미친 사람처럼 천지사방을 돌아다녔다. 그때 마른하늘에 날벼락 같은 일이 또 일어났다. 아빠의 당뇨 수치가 위험 수준이라고 했다. 엄마 아빠는 그 일을 내게 내색하지 않았다. 나도 아는 척하지 않았다. 몸도 성치 않은 형의 행방불명만으로도 억장이 무너졌을 엄마 아빠였다. 오랜 논의 끝에 엄마 아빠는 귀농을 결정했다. 두 분은 평소에도 '귀농'을 입에 달고 살았었다. 표면상으로는 단순한 귀농이었다. 나는 적극 찬성 의사를 밝

혔고 부득부득 우겨 자취하겠다는 뜻도 관철했다.

뒤늦게 기타의 사운드 홀에서 형이 남긴 편지를 발견했다. 의사가 되어서 돈 많이 벌고 싶었다는 말. 식구들에게 짐이 되고 싶지 않았다는 말. 걱정하지 말라는 말. 그런 구태의연한 말들이 나를 서럽게 만들었다. 갈비뼈가 오장육부를 조이는 기분이었다. 고등학교 입학 전 보름 동안 나는 고독했다.

그때였다. 공부란 녀석한테 정식으로 선전포고를 한 게. 어딘가 파묻힐 데가 절실히 필요했다. 부모님께도 걱정을 끼쳐서는 안 되었다. 중학교 교과서부터 차근차근, 속이 울렁거리고 쌍코피가 터질 때까지 공부했다. 형이 물려주었지만 박스 안에 처박아 두었던 요점 정리 노트도 활용했다. 공부에 탄력을 받자 밥 먹고 똥 누고 잠자는 시간도 아깝게 느껴졌다. 고등학교 첫 모의고사 성적표가 나온 날, 혼자 감동받아 눈물이 나올 뻔했다.

종소리가 들렸다. 머리를 흔들고 세수를 하고 주먹을 불끈 쥐었다. 거울 속 내 눈동자를 보며 최면을 걸었다. 자습 시간. 그게 통했는지 자리에 앉자마자 집중해서 수학 문제를 풀 수 있었다. 몇몇 애들이 빈정댔지만 상관없었다. 갈 길이 구만 리였다. 한 귀로 듣고 한 귀로 흘리라고 귀가 두 개 있는 거다.

저녁 급식을 먹고 양치질을 하기 위해 화장실에 갔다. 할배가 손을 씻고 있었다.

"게시판 봤냐?"

할배는 대답도 안 듣고 나가 버렸다. 할배는 입학식 날 전달 사항은 게시판에 붙여 놓을 테니까 각자 확인하라고 했다. 확인 안 해서 받은 불이익은 본인 책임이라고 경고했다.

교실에 가자마자 게시판 앞에 섰다. 사랑재활원 봉사활동 학생 모집. 고민됐다. 사이비 교주 강사의 충고대로 현실을 직시하자 다른 길도 보였다. 인터넷을 통해 수집한 정보에 따르면 내 경우 수시로 의대에 합격할 가능성은 낙타가 바늘귀로 들어가는 것만큼 어려웠다. 거의 전 영역에서 1등급을 받아야 하는 정시도 만만치 않았다. 차선책으로는 생명공학 전공 후 의학 전문 대학원으로 진학하는 방법이 있었다. 다양한 경로를 염두에 두고 대비해야 한다는 뜻이었다. 나는 봉사활동 기간과 활동 내용 등을 꼼꼼히 확인했다.

지환이가 슬쩍 다가와 사랑재활원 봉사활동에 눈독을 들였다. 내신 관리 잘해서 수시에 사활을 걸기로 작정한 듯 보였다.

"욕심이 화를 부른다."

지환이는 내 말은 무시하고 휴대전화로 게시물을 찍고는 등을 돌렸다. 아니, 갑자기 발걸음을 멈추고 되돌아서더니 게시판 앞에 우뚝 섰다. 지환이의 시선이 닿은 곳에 청소년 단편영화 공모전 게시물이 붙어 있었다.

토요일, 봉사활동이 있는 날. 버스에서 내린 뒤 스마트폰 길 찾기 앱을 참고해 한참을 걸어 올라가자 사랑재활원이 나왔다. 은행나무 그늘에서 숨을 돌리는데 외제차가 흙먼지를 일으키며 정차했다. 지환이가 내리더니 초점 없는 눈으로 나를 바라봤다. 나는 지환이를 외면하고 사무실에 가 할당된 일을 확인했다. 1, 2층 화장실이 내 담당이었다. 락스를 뿌려 변기를 씻어 내고 호스로 물청소를 했다. 구석구석 찌든 때가 사라지자 확실히 기분 전환이 되는 것 같았다.

"아들, 활짝 웃어야지."

창밖으로 눈길을 던졌다. 지환이 엄마로 추정되는 아줌마가 애들에게 바람직한 포즈와 표정을 지시했고, 운전기사는 디지털카메라의 셔터를 눌렀다. 지환이와 타 학교 애 두 명은 휠체어에 앉아 있는 환자 어깨에 손을 얹은 채 자비로운 미소를 띠었다. 어딘지 모르게 부자연스러운 퍼포먼스였다. 쓴웃음이 나왔다.

두 시간이 훌쩍 지났다. 청소 도구를 정리하고 세수를 했다. 사무실로 향하던 중 고통스러운 신음이 귓속을 파고들었다. 소리의 진원지를 찾아 발걸음을 옮겼다. 제1생활관 쪽이었다.

문 앞에 지환이가 빗자루를 든 채 서 있었다. 나는 마른침을 삼키고 소리를 죽이며 다가갔다. 방 안에는 뇌성마비 아이 하나와 지환이와 동행한 녀석 두 명이 있었다.

"병신 꼴값 떨고 있네."

"이 새끼 똥 쌌어. 대박이다. 야, 찍어 찍어."

녀석들은 한 손으로 코를 막고 한 손으로 동영상을 촬영하며 수선을 떨었다.

"왈왈, 짖어 봐. 왈왈."

아이는 연신 팔다리를 배배 꼬며 저항했다. 그의 일그러진 얼굴에 형의 얼굴이 오버랩되었다. 가슴속에서 용암이 부글부글 끓어올랐다.

"이 개새끼들아!"

나는 지환이 등을 밀치고 들어가 기습 공격을 했다. 괴성을 지르고 주먹을 날리고 발길질을 했다. 미쳐 날뛰었다. 휴대전화를 빼앗아 바닥에 내동댕이쳤다. 액정이 박살 나고 배터리가 튕겨져 나갔다. 후닥닥 사람들 발소리가 들리고 상황은 종료되었다. 바닥에 핏방울이 낭자했다.

결국 나는 사랑재활원에서 강제 퇴출 당했고 교내 봉사 열 시간의 징계를 받았다. 사유는 폭행 및 학교 명예 실추. 혼자만 당한 게 억울해 흥분한 목소리로 시비를 따졌지만 정상참작도 되지 않았다. 유일하게 내 편이 되어 준 할배의 노력은 수포로 돌아갔다. 나는 교실에 들어가자마자 지환이의 멱살을 잡았다. 애들이 웅성대며 몰려들었다.

"왜 꿀 먹은 벙어리가 됐냐? 넌 진실을 알잖아!"

지환이는 무심하게 귀에 이어폰을 끼웠다. 나는 이어폰을 빼앗아 바닥에 내동댕이치고 발로 지근지근 밟았다. 지환이는 아무 방어도 저항도 하지 않았다.

"의사? 니가 그러고도 자격이 있냐? 불쌍한 새끼야."

내 악담에 지환이는 책가방을 싸 들고 조용히 일어서 밖으로 나갔다. 애들은 삼삼오오 모여 수군댔다. 기분이 개운치 않았지만 이 정도 선에서 멈추기로 했다. 쓸데없는 감정 소비로 천금 같은 시간을 허비할 순 없었다.

다음 날, 지환이를 보자 다시 화가 솟구쳤다. 무시하려 해도 손톱 주위에 인 거스러미처럼 은근히 신경 쓰였다. 방과 후에 교내 봉사활동을 하면서도 문득문득 떠올라 짜증이 났다. 화장실에서 밀걸레를 박박 빨고 시원하게 세수를 하고 나왔다. 기분이 한결 나았다.

"옛정을 생각해서 사 주는 거야. 별 뜻 없으니까 오해는 말아 줘."

소미가 포카리스웨트를 건네며 시에프를 찍는 것처럼 나풀나풀 사라졌다.

어디선가 상큼한 봄 냄새가 났다. 문득 창밖을 내다보았다. 새소리가 들리고 아지랑이가 피고 새싹이 돋고 꽃이 피어 있었다. 라일락 꽃향기가 콧속으로 스며들었다. 눈을 감자 아련하게 휘파람 소리가 들려왔다. 조건반사처럼 눈시울이 뜨거워졌다.

시간은 쏜살같이 지나갔다. 학습량이 절대적으로 부족한 나는 쉬는 시간 오 분, 점심시간 이십 분 정도를 아껴 썼다. 학원에 다니거나 과외 받을 처지도 못 되어 틈나는 대로 선생님들을 붙잡고 늘어졌다. 귀찮아하는 선생님도 있었지만 대부분 친절하게 설명해 주었다. 풀이를 듣고 나면 깜빡깜빡하는 머릿속 가로등이 환해지는 느낌이었다.

중간고사가 끝나고 바로 결과가 나왔다. 예상보다 낮은 점수였고 무시하고 깔보던 애들의 시선도 여전했다. 하지만 중학교 때에 비하면 괄목할 만한 변화였다. 미친놈처럼 피식피식 웃음이 새어 나왔다.

시험 문제 중 이해가 안 되는 게 있어 교무실에 들렀다. 지환이가 학년 부장 선생님 앞에 고개를 푹 숙인 채 열중쉬어 자세로 서 있었다.

"모의고사 성적도 기대 이하고, 중간고사도 망쳤던데 기말고사까지 망치면 의대 물 건너간다. 정신 줄 단단히 잡아, 인마. 다들 너한테 거는 기대가 얼마나 큰데."

학년 부장 선생님은 반 협박조의 지도 편달에 여념이 없었다. 지환이보다는 자신과 학교의 성과에 주력하는 느낌이었다.

그날 야자를 마치고 집에 가는 길에 지환이를 목격했다. 무단으로 심자반 자습을 빠진 것 같았다.

"어쭈! 제법인데."

나는 혼잣말을 하며 피식 웃었다. 신선한 충격이기도 했지만 한편 반가웠다.

다음 날, 지환이는 평소대로 자리에 앉아 이어폰을 꽂고 연필을 쥐고 있었다. 책상 귀퉁이에 'D-33'이라고 적혀 있었다. 그런데 뭔가 수상쩍었다. 입술을 달싹거리고 고개를 까딱거리고 발도 규칙적으로 움직이고 있었다. 이어폰에서 흘러나오는 소리가 영어가 아닐 수도 있겠다는 생각이 처음 들었다. 어쩌면 지환이 꿈은 의사가 아닐 수도 있다는 생각도 처음 들었다. 얼마 전 넋을 놓고 단편영화 공모 게시물을 보던 지환이의 모습이 떠올랐다. 문득 3월, 교내 동아리 모집 때 지환이가 유독 영화반 주위에서 얼쩡대던 모습도 겹쳐졌다. 그럼 'D-33'은? 설마? 아, 오지랖. 이럴 시간이 없다.

오늘은 개교기념일, 내일은 재량 휴업일, 그리고 토요일과 일요일로 이어지는 황금 연휴였다. 아침 일찍 빈 반찬 통을 종이 가방에 넣고 시골 가는 버스를 탔다. 엄마 아빠한테 씩씩한 모습을 깜짝 선물하려고 미리 연락도 하지 않았다.

동네 어귀에 내리자마자 흙냄새 풀 냄새 꽃 냄새가 앞 다투어 달려들었다. 전쟁터였던 마음에 평화가 찾아왔다. 마당에 들어서자 엄마가 머릿수건으로 이마를 닦으며 달려와 쇼핑백을 받았다.

"오늘 학교 쉬는 날이야? 연락도 없이. 무슨 일 있어?"

"개교기념일. 그리고 여기가 꼭 무슨 일이 생겨야 올 수 있는 덴가?"

불안해 보이던 엄마 얼굴에 함박웃음이 번졌다. 함박웃음 끝에 눈물이 흘렀다. 엄마가 양손으로 내 양 볼을 비비고 있는데, 아빠가 기척도 없이 쪽마루로 가더니 풀을 펴 말렸다. 쪽마루 귀퉁이엔 형을 찾는다는 내용의 전단지 뭉치가 보였다. 언젠가부터 우리 중 누구도 형 이야기를 꺼내지 않았다.

"당신 눈엔 종태 안 보여요?"

그제야 아빠가 고개를 들어 나를 발견했다. 병색이 완연했던 아빠 얼굴에 화색이 돌았다. 엄마 아빠가 귀농을 결정할 때 약초의 효과에 대해 이야기한 적이 있다. 어쨌거나 기쁘고 반갑고 숨통 트이는 일이었다.

"니네 아빠가 저렇게 멋대가리가 없다."

"지낼 만하냐?"

엄마의 잔소리에 항복한 아빠가 뒤늦게 안부를 물어 왔다.

"체질인 거 같아요."

"그럼 됐다."

그러고 보니 할배 선생과 아빠의 어법이 많이 닮았다. 무심한 듯 힘을 실어 주는 말.

배불리 점심을 먹고 달콤한 낮잠을 자고 일어나 갈 채비를 했다.

"벌써 가게?"

"곧 시험이에요."

엄마가 부랴부랴 밑반찬을 그득 싸 주었다.

"몸 축내지 말고 쉬엄쉬엄해. 엄마는 의사 같은 거 필요 없다. 니네 외사촌 형도 의대 가려고 사수 오수까지 하다가 결국 군대 갔잖아. 미련 떨지 말고 안 되면 다른 길 찾아. 부모 노릇도 못 하는 주제에 이러쿵저러쿵 말하기는 뭣하다마는."

"엄마는 아빠나 잘 챙겨요."

엄마가 젖은 눈으로 '알고 있었어?' 하고 묻는 것 같았다. 나는 엄마를 포옹하는 걸로 대답을 대신했다.

"참, 이거 얼마 안 되지만 용돈. 전기밥솥도 하나 사. 그거 맛이 안 갔나 몰라. 고친다는 걸 깜빡하고 있었어. 미안해."

엄마가 지난달보다 두둑한 돈 봉투를 쥐여 줬다.

"너무 아끼지 말고 고기도 사 먹고 해."

엄마 눈이 빨갛다. 울다가 웃는다.

햇살이 마당에 가득했다. 눈을 감고 두 팔을 쫙 벌렸다. 햇살과 바람이 몸을 어루만져 주었다. 그 정도로도 충분히 위로가 되었다. 햇살과 바람이 어딘가에 틀어박혀 치열하게 공부하고 있을 형한테도 가닿았으면 좋겠다는 생각이 간절했다. 언젠가 웃는 얼굴로 집에 돌아온다면 욕을 실컷 퍼부어 줄 거다. 아니 그걸로는 성에 안 찬다. 형이고 뭐고 아주 박살을 내 줄 거다.

집에 돌아와 야참을 챙겨 먹고 자정까지 공부했다. 잠자리에 들기 전 양파가 담겨 있는 물컵의 물을 채워 주었다. 꿈에서 어느새 나는 빌딩 옥상에 있었다. 세찬 바람이 불었고 드문드문 눈송이가 날렸다. 손으로 털목도리를 쥔 채 난간 쪽으로 한 걸음 한 걸음 다가섰다. 숨을 죽이고 형이 사라진 곳을 내려다보았다. 굳어 있는 몸이 스르르 녹았다. 그곳은 햇살 가득한 봄이었다. 부드러운 바람이 불고 나비들이 서로 어울려 날았다. 눈물이 주르륵 흘렀다. 눈을 감았다 떴다. 아침이었다.

학교는 어수선했지만 나는 분위기에 휩쓸리지 않으려고 노력했다. 야자가 끝나고 가장 늦게 교실에서 나오면서 문단속을 하려던 참이었다. 문득 프로젝션 텔레비전 밑에 있는 화분에 눈길이 갔다. 산세비에리아 화분은 거의 방치 상태였다. 시들해진 이파리는 누렇게 변색되었고 먼지까지 쌓여 있었다. 형광등을 껐다.

갑자기 소변이 급해 화장실에 갔다. 세면대에 페트병이 놓여 있었다. 문득 갈증을 느끼는 산세비에리아 이파리들의 아우성이 고막을 때리는 것 같았다. 페트병 가득 물을 담았다.

다시 교실로 가는데 웬일인지 불이 들어와 있었다. 살금살금 다가가 창문으로 교실 안을 들여다보았다. 심자반에 있던 지환이가 물통으로 화분에 물을 주고 있었다.

집으로 가는 길에 전기밥솥을 사러 전자 제품 대리점에 들렀다. 십 주년 기념 사은 행사와 각종 이벤트를 하고 있었다. 직원과 밀당을 하다가 할인가보다 더 싸게 구입했다. 사은품으로 복권 두 장도 받았다.

집 근처, 골목을 꺾어 돌자 오래된 가로등 불이 깜빡깜빡했다. 나는 돌멩이를 주워 망설이지 않고 가로등을 박살 냈다. 후련했다. 내일 쉬는 시간에 필히 동사무소에 민원을 넣어야겠다.

상필이 노랫소리가 들렸다. 곧 있을 오디션 준비로 바쁜 모양이었다. 소미는 준비 잘 하고 있을까? 응원 가게 되면 못 할 공부 미리 보충해 두어야겠다.

싱크대에 다듬은 콩나물이 바가지 가득 놓여 있었다. 때마침 상필이의 노래가 끝났다.

"출출한데 콩나물밥 콜?"

"콜!"

박스 안에 있는 밥솥을 꺼내 씻고 쌀을 안치고 콩나물을 넣고 무채를 썰어 넣은 다음 취사 버튼을 눌렀다. 그러고는 그릇에 간장을 붓고 고춧가루와 빻은 마늘과 통깨를 넣고 참기름을 몇 방울 떨어뜨렸다. 마지막으로 앉은뱅이책상 위에 있는 양파 새순을 조금 썰어 넣어 양념장을 완성했다. 새순은 다시 돋아날 것이다.

상필이랑 콩나물밥을 배불리 먹었다. 눈물 나게 맛있었다.

"참, 이거."

"웬 보복권? 1등이 1억 원이네. 다당첨되면 치사하게 바반띵 뭐 이런 거 없기다."

우리는 합의하에 각자 동전을 꺼내 긁었다. 둘 다.

꽝! 다음 기회에

또 꽝! 까짓것 겁 안 난다.

막간을 이용해 기타를 쳤다. 상필이가 허밍을 곁들였다. 동네 개들이 화음을 넣었다. 어디선가 공부하던 형이 잠시 펜을 놓고 손으로 턱을 괸 채 휘파람을 불고 있을 것만 같았다.

장 주 식…나의 욕망 나의 상처 나의 자랑

서울서 새내기 대학 생활을 하고 있는 세형이 집에 오자, 식탁이 풍성했다. 몇 달 만에 집에 온 아들을 위해 엄마는 소고기를 구웠다. 치맛살과 등심을 구워 먹으며 아빠와 세형은 소주잔도 주고받았다. 소주 몇 잔에 얼큰해진 아빠가 세형에게 이런저런 대학 생활에 대해 물었다.

"그래, 민수나 정호는 만나 봤니?"

"아니."

세형이 무표정한 얼굴로 대답했다. 거기서 끝났으면 좋을 이야기였다. 그런데 아빠는 멈추질 못했다.

"왜, 만나 보지. 전혀 다른 세상에 사는 친구도 만나 보면 재미있지 않겠어?"

"뭐, 딱히 만날 일이 없는데."

여기서만 멈췄어도 괜찮을 이야기였다. 그랬으면 아주 화기애애한 저녁을 그대로 이어 갔을 것이다.

아빠와 오빠의 대화를 듣는 세원은 조마조마했다. 민수와 정호는 세형의 중학교 동창이었다. 둘 다 올해 서울대학교에 들어갔다. 세원이 사는 작은 소도시 곳곳에 현수막이 나붙었다. 민수와 정호네 부모가 사는 동네에선 잔치가 벌어졌다. 아빠도 잔치 음식을 얻어먹고 왔다. 잔칫집에서 누군가 현수막을 가리키면서 아빠에게 이런 말을 했다. "원래 세형이 이름이 저기에 있어야 되는 거 아냐?" 그 말을 들으면서 아빠는 기분이 나쁘지도 좋지도 않은 묘한 감정을 느꼈다. 세형은 중학교 삼 년 동안 1등 자리를 줄곧 지켰다. 민수와 정호가 2, 3등을 놓고 엎치락뒤치락했다. 민수와 정호가 서울대를 갔으니, 세형은 따 놓은 당상이 아니었느냐 그런 이야기였다. 비논리적인 삼단논법이었다.

세형은 중학교 3학년 여름방학 때 고교 진학을 앞두고 심각한 고민에 빠졌다. 지역 고등학교에선 이미 세형을 위하여 연구실까지 마련해 두고 있었다. 소도시의 읍내도 아니고 면 단위의 사립 중고등학교에서는 세형을 잡는 것이 학교의 사활이 걸린 문제였다. 중학교 교감과 고등학교 교감이 함께 세형네 집에 찾아와서 조건을 제시했다.

"반드시 서울대에 진학시키겠습니다. 대학 등록금도 모두 책임지겠습니다. 고등학교 학비 면제는 물론 매달 장학금을 지급하겠습니다."

아빠는 거절할 이유가 없었다. 그러나 세형은 달랐다. 여름방학 내내 고민을 거듭하던 세형은 엄마 아빠에게 이런 말을 남겼다.

"눈빛이 뭔가에 쫓기는 듯하고, 생기가 없어. 그런 눈을 하고 삼 년 동안 다닐 자신이 없어요, 엄마 아빠."

중학교와 고등학교가 같이 있으니까 세형은 고등학생들의 모습을 가까이에서 관찰할 수 있었다. 그렇게 일반 학교에 가지 않겠다는 결론을 내린 세형은 전국의 대안 고등학교를 인터넷으로 뒤지더니, 마침내 한 곳을 찾아냈다. 경상남도에 있는 학교였다. 경기도에 있는 세형네 동네에서 400킬로미터, 꼭 천리 길이었다.

세형은 그 학교에 진학해 수업은 절반 정도 들어가고 나머지 절반은 동아리 활동에 집중했다. 아예 한 해는 휴학을 하고 서울과 부산으로, 심지어 필리핀까지 돌아다녔다. 서울에선 영화판에 들어가 막노동을 했고, 필리핀은 청소년해외봉사단으로 다녀왔다. 그렇게 돌아다니다가 복학하여 고등학교를 사 년 만에 졸업했다. 그리고 자기가 살아온 이력을 정리하여 대학에 제출하더니 합격증을 받았다. 세형은 기숙사를 신청했으나 떨어지고 서울 고모네 집에 빌붙어 사는데, 고모부는 세형이 다니는 대학을 '똥통'이라고 불렀다. 세형이 어려서부터 공부를 잘했으므로 '우리 장래의 서울대생!' 하고 부르길 좋아하던 고모부 입장에선 배신감이 넘쳐서 그렇게 부르는지도 몰랐다.

이런 사연이 있으니 아빠가 민수와 정호 이야기를 세형 앞에서 길게 말해 좋을 턱이 없었다. 그런데 술이 문제였는지 아빠는 지나치게 나갔다.

"야, 세형아. 아르바이트도 서울대생은 걱정이 없다더라. 얼마 전에 말이야, 세원이 담임 선생님이 아빠한테 전화해서 그러더라. 세원이 과외시키지 않겠느냐구."

그 말은 사실이었다. 세원의 담임 선생님은 세원이 다니는 읍내 중학교 3학년 부장 교사였다. 전교에서 5등 안에 드는 학생들에게 서울대생이 하는 그룹 과외를 붙여 주겠다는 제의였다. 수학과 영어를 하루 두 시간씩 하는 건데 시간당 과외비는 5000원이었다. 두 달간 약 오십 일이므로 총 과외비는 100만 원이었다. 학생이 다섯 명이므로 서울대생이 받아 가는 돈은 모두 500만 원인 셈이다. 정말 눈이 확 튀어나올 액수였다.

"밤새도록 편의점에서 알바를 뛰어 봐야 한 달에 100만 원도 안 되잖아. 뭐 이런 불공평한 일이 다 있냐? 근데 서울대생은 편하게 대접받으면서 과외해서 돈 벌고. 그것도 서로 모셔 가려고 한단다."

"아니, 당신 취했어? 뭐 그런 소리를 자꾸 해."

엄마가 막고 나섰으나 조금 늦었다. 세형이 눈살을 찌푸리며 아빠 말을 듣고 있다가 더는 참지 못하고 말을 내뱉었다.

"아빠는 사상이 의심스러워. 민주화 운동 한 것 맞아?"

아빠는 꽤 힘차게 독재 정권에 대항하며 투쟁의 선봉에 선 경험이 있다. 가끔 그 시절 이야기를 세형에게 해 주며 아빠는 당당하게 말했다. 불의를 행하거나, 자신을 이롭게만 하는 길로 걸어가선 안 된다고 말이다. 그런 이야기를 들으며 세형은 감동한 표정을 짓고 존경이 가득 담긴 눈으로 아빠를 바라보곤 했었다. 그런데 이제 뭐란 말인기. 아빠의 사상이 의심스럽다는 세형의 말은, 그러니까 아빠에겐 날벼락이었다. 하늘이 무너지고 땅이 꺼지는 우렛소리였다. 아빠는 얼음이 되었다. 엄마는 옆에서 혀를 쩟쩟 찼다. 세원은 버릇처럼 두 손 엄지손톱을 나란히 붙이고 내려다보았다. 손톱의 반달이 예쁘다. 아주 짧지만 답답한 침묵이 흐르고 있었다. 이윽고 세형이 자리에서 일어서면서 한마디 했다.

"그러니까, 그런 얘기 좀 그만하라고. 아빠."

세형이 부엌을 나가 거실로 걸어갔다. 그게 아빠에겐 얼음에서 풀려 나게 하는 땡이 되었다. 몸은 풀렸지만 입은 풀리지 않아서 말은 못 했다. 어색한 침묵 속에 저녁 식사는 끝이 났다. 어색하게 상을 치우고 어색하게 딸기를 먹으면서 어색하게 텔레비전을 잠깐 보다가 식구들은 흩어졌다.

세형은 방에 들어가서 기타를 쳤다. 세원은 방에서 피아노를 쳤다. 아빠와 엄마는 여전히 텔레비전을 보았다. 세원은 피아노를 치면서도 오빠의 기타 소리에 귀를 귀울였다. 오빠에게 꼭 묻고 싶은 말이 있었다. 기타 소리가 그치면 오빠에게 가 볼 참이었다. 낮게 노래를 흥얼거리면서 세형은 삼십 분이 넘게 기타를 쳤다. 마침내 세형의 기타 소리가 멎었다. 세원은 세형의 방문을 두

드렸다. 방 안에선 아무 대답이 없었지만 세원은 문을 열었다. 세형은 기타를 끌어안고 공책에 뭔가를 끄적이고 있었다.

"오빠, 잠깐 들어가도 돼?"

그제야 세형이 고개를 들어 세원을 바라보았다.

"당근이지. 뭐, 언제 허락받고 들어왔어? 무슨 할 말 있음?"

"응, 쫌 심각한 거. 아닐 수도 있고."

"그래? 좋아. 열심히 들을게."

세형이 기타를 벽에 세우고 두 손을 무릎에 가지런히 놓으면서 빙긋 웃었다. 세원은 컴퓨터 책상 앞에 놓인 의자에 가서 앉았다.

"오빠, 만약에 말이야, 오빠가 다닌 학교에 내가 간다고 하면 오빠는 찬성이야? 반대야?"

"거기는 너를 위해 마련된 학교라고 본다, 오빠는."

"정말? 그 정도야?"

세원이 활짝 웃었다. 세형도 마주 보며 환하게 웃었다. 기분이 좋아진 세원은 한층 높아진 목소리로 물었다.

"어째서 그렇게 생각해? 나하고 어떤 게 잘 맞을 것 같아?"

"음, 우선, 꿈이나 목표 같은 게 없어야 되는데, 너는 그럴 수 있을 것 같아."

"응? 꿈과 목표는 있어야 좋은 거 아니야?"

"오빠 생각은 달라. 목표를 가지면 목표에 매이게 되잖아. 목표가 뭐야? 미래에 이뤄야 할 어떤 거지. 그럼 그 미래를 위해 현재가 구속받지 않겠어?"

"난 꿈이 있는데?"

"아, 뮤지컬 배우? 그건 좋지. 니가 하고 싶어 하는 거니까. 꼭 꿈이나 목표가 없어야 좋다는 건 아니고, 억지로 꿈이나 목표를 세우지 말라는 거지."

"오빠 말 어려워. 그런데 오빠는 왜 그런 생각을 했어?"

"음, 그건 말이야, 오빠가 전에 여행을 다녀왔잖아. 인도랑 네팔이랑 부탄이랑. 그때 생각한 거야."

고등학교 졸업 뒤, 세형은 인도와 네팔과 부탄 여행을 두 달간 다녀왔다. 한국보다 경제적으로 훨씬 가난한 나라들이었다. 그러나 세형이 보기에 사람들의 얼굴에는 웃음이 떠나지 않았다. 함박웃음을 웃는 사람을 보기 드문 한국과 달랐다. 특히 부탄에서 세형은 정말 마음이 편안해지는 경험을 많이 했다. 부탄에서 만난 한 친구는 그랬다. '우리 할아버지가 살아온 모습대로 아버지가 살아오셨고, 나도 그렇게 살아갈 거야.' 낡은 옷을 입고 가난하게 살지만 아무런 불편이 없다고도 했다. 세형은 그날 여행 일기에 이렇게 적었다.

'일류라고 불리는 대학을 졸업하고, 대기업에 들어가거나 법관 또는 의사가 되는 삶. 그건 과연 행복할까? 한국의 부모들은 자기 자식이 모두 지배자가 될 거라고 믿는다는 글을 읽은 적이 있다. 이곳 부탄의 사람들은 누구도 자기 자식이 지배자가 되어야 한다고 말하지 않는다. 과연 어느 나라 사람들이 더 행복한가? 누군가를 지배하고 싶은 욕망. 그 욕망은 마침내 부메랑이 되어 스스로를 해치지 않을까?'

세형은 여행 때의 감회를 잠깐 떠올려 보고는, 세원에게 말했다.

"아귀지옥 같아. 먹을 건 넘쳐 나지만 넘길 목구멍은 바늘귀처럼 가는 아귀들 말이야. 미치는 거지. 우리나라 대부분 학교들이 그렇다고 봐."

"오빠가 다닌 학교는 안 그렇다는 거지?"

"최소한 탐욕은 부리지 않으니까. 있지, 사람이 살아가는 모습을 잘 보여 주는 것이 세 가지가 있다고 해."

"뭔데?"

"욕망과 필요와 능력. 필요는 의무라고 불러도 돼."

"잘 이해가 안 돼. 쉽게 말해 줘."

"욕망은 자기가 하고 싶은 거야. 필요는 부모나 사회가 나에게 요구하는 것. 그러니까 어떤 의무라고 봐도 되겠지. 능력은 말 그대로 내가 잘할 수 있는 거. 소질이라고 해야 되나."

"응. 대충 알겠네. 근데 이 세 가지랑 학교가 관계가 있는 거야?"

"그럼. 관계가 있어도 무척이나 있지. 봐 봐. 욕망에 따른다면, 세원이 니가 가고 싶은 고등학교를 선택하면 돼. 마찬가지로 필요나 의무에 따른다면 엄마 아빠나 주변 사람들이 원하는 학교를 선택해야 하고, 능력에 따른다면 자기가 가장 잘 다닐 수 있는 학교를 선택하면 된다는 거지. 얼마나 중요해."

"아, 알겠어. 그러니까, 필요에 따라 고등학교를 가는 아이들이 대부분이겠네."

"역시, 이해가 빠르군."

"나 같으면 욕망으로 선택하면 예고가 되겠네?"

"너 예고 가고 싶어? 그건 엄마한테 허락받기 어려울 텐데."

"안 그래도 아까 한판 했어, 엄마랑. 피아노 갔다 오다가."

"어쩐지. 영 서먹하더라니."

세형이 피식 웃었다.

"그게 바로 너의 욕망과 엄마의 욕망이 일치하지 않는다는 거지."

"……어려워……. 사실, 난, 내가 예고를 꼭 가고 싶은 건지도 잘 모르겠어. 막연하게 그냥 좋을 것 같고, 일반고보다는 말이야. 어떡해야 돼? 오빠?"

"흠, 방법이 아주 없는 건 아니지. 가장 좋은 건 욕망과 필요와 능력이 교집합이 되는 경지, 할 수 있다면 그게 가장 좋다는 거야. 그러니까 나의 욕망과 엄마의 요구를 같이 충족시켜 주고, 거기다 내가 잘 다닐 수 있는 곳이라면 얼마나 좋겠어."

"아, 알겠어. 그곳이 바로!"

"그래, 오빠가 나온 곳이지."

세원은 고개를 끄덕였다. 오빠를 보냈으니, 세원이 가겠다는 걸 엄마 아빠가 반대할 수는 없을 것이다. 그러니 엄마 아빠의 필요는 충족되는 셈이었다. 세원은 자신의 욕망을 돌아보았다. 음악을 꾸준히 하고 노래도 많이 부르고 싶은데 그것도 가능할 것 같았다. 오빠 말에 따르면 밴드와 춤과 노래 동아리가 골고루 있다고 하지 않던가. 학교 수업도 최소한의 국가 교육 과정만 이수하면 된다고 하니 금상첨화다. 그럼 마지막으로 내가 잘 지낼 수 있는 학교인가? 기숙사 생활이 의무니 단체 생활을 잘해야 한다. 그 점이 마음에 걸렸다. 세원은 세형에게 물었다.

"오빠, 내가 그 학교에 가면 잘할 수 있을까?"

"허허 참, 너를 위한 학교라니까. 니가 못하면 할 수 있는 애가 아무도 없지."

"오빠는 뭘 보고 그렇게 장담해?"

"니 오빠잖아. 너와 십몇 년을 같이 살아온. 너의 성격과 행동과 소질을 다 알지. 컴퓨터게임은 아는 게 하나도 없다는 거까지 알잖아. 이 정도면 됐지?"

세원은 고개를 여러 번 끄덕였다. 오빠와 얘기를 하고 나니까 고민이 확 풀렸다. 여름방학이 시작되고 나서부터, 무겁게 머리를 짓누르던 것들이 다 사라지는 느낌이었다.

"오빠, 진짜 고마워."

"흠, 도움이 좀 됐어? 근데, 결정은 니 몫이야."

"알아."

"쉽게 대답하지 마. 뜻밖에 강적을 만날 수도 있어."

"강적?"

"학교가 작잖아. 애들도 적고. 싸운 애나, 보기 싫은 애도 맨날 봐야 된다는 거. 밥 같이 먹어야 되고, 잠 같이 자야 되고, 운동 같이 해야 하고, 공부 같이 하고, 피할 공간이 없어."

"아효. 그건 좀……."

"졸업할 때까지 헤매는 애도 있어. 대학을 가야 할지, 취직을 해야 할지, 갈피를 못 잡는단 말이지. 쌤들한테 하소연하면 '선택은 스스로 하는 거야.' 이러니, 더 미칠 노릇이지."

"아우, 어떡해!"

세원이 잔뜩 걱정스러운 얼굴로 탄성을 내질렀다. 세형이 쿡쿡 웃었다.

"흐흐, 그렇다고 너무 겁먹을 필요는 없어. 오빠가 보증한다. 너는 잘 헤쳐 나갈 거야."

"그럴까? 그럴 수 있을까?"

세원은 가볍지만은 않은 발걸음으로 세형의 방을 나왔다. 세원이 나가자 세형은 뒤로 비스듬히 누워 기타를 끌어당겼다. 기타를 배 위에 올려놓고 튕기기 시작했다. 빈약한 노래 솜씨로 자작곡을 불렀다. 돼지 멱따는 소리 같다.

세형은 노래를 부르면서도 마음이 편하지 않았다. 아빠에게 그렇게까지 공격적으로 말할 필요가 있었나 싶었다. 마음이 어지러우니 노래가 시들했다. 아빠에게 사과라도 해야 마음이 편해질 것 같아, 세형은 거실로 나왔다. 아빠는 엄마와 나란히 앉아서 텔레비전을 보고 있었다. 예능 프로그램을 보면서 소리를 내서 웃고 있다. 조금 전 세형과 어색했던 상황은 이미 다 잊어버린 표정이었다. 뭐, 다행이네. 세형은 다시 방으로 들어왔다.

읽던 소설이나 마저 읽을까, 하고 세형은 책을 펴 들었다. 하지만 눈은 제자리만 맴돌았다. 아빠한테 한 말은, 사실 세형의 솔직한 심정이었다. 표현이 변주되었을 뿐 아빠는 그런 식의 말을 자주 했다. 기득권층이 되어 안락한 삶을 누리는 자식의 모습을 어느 부모가 바라지 않겠는가. 아빠가 그런 식의 말을 할 때면 "최소한 나는 내가 선택하고 살잖아. 나는 지금이 좋아."라고 세형은 부드럽게 받아넘기곤 했다. 그런데 이게 뭐란 말인가. 나는 지금 부드럽지 않다, 라고 세형은 생각했다. 어쩌면 나는 아빠의 의견에 동의하고 있는지도 몰라, 하는 생각이 스치자 세형은 꿈쩍 놀랐다.

친구들이나 만나 볼까. 세형은 친구들의 얼굴을 떠올려 봤다. 정민, 형돈, 경주. 친했던 중학교 동창 놈들은 다 군대에 갔다. 고등학교 친구들도 군대에 갔거나, 전국에 퍼져 있다. 금방 집에 와 놓고 다시 서울로 가겠다고 말할 수는 없었다. 세형은 벽에 기대

놓은 기타를 바라보다가, 손을 딱 튕겼다. 그래, 주훈 샘이 있었지. 세형은 휴대전화를 찾아 전화를 걸었다. 신호가 몇 번 가지 않아 귀에 익은 목소리가 들려왔다.

"야, 세형아, 반갑다. 어디야?"

"저, 집에 왔어요. 혹시, 샘, 시간 괜찮으세요? 레슨 없어요?"

"음, 한 타임 남았지. 9시면 다 끝나. 나도 보고 싶다. 우리 집으로 올래?"

"좋죠."

세형은 외출복으로 갈아입었다.

기타리스트인 주훈은 집에서 기타를 가르쳤다. 세형이 보기엔 학원을 차릴 돈이 없는 것이 분명한데도 주훈은 늘 "원래 스승의 집에 제자가 찾아가서 배우는 거야. 돈이 아니라 정신으로 교감하려면 학원이 아니라 집이어야 해."라고 했다. 서른여덟 살 노총각이었는데, 몇 달 전에 결혼했다. 주훈의 말에 따르면, 신부는 남한강이 낳은 피아니스트란다. 웃기는 건, 주훈의 아내는 피아노 학원을 한다는 사실이었다. '집에서 정신의 교감' 운운은 아내에겐 해당하지 않는 모양이었다.

세형이 주훈의 집에 갔을 때, 주훈은 제자와 화음을 맞춰 즐기는 중이었다. 제자는 재즈 기타 연주자를 꿈꾸는 고등학생이었다. 세형도 몇 번 본 얼굴로, 세형보다 먼저 배우기 시작해 세형이 그만둔 지금도 배우고 있었다. 세형은 겨우 삼 년 배웠지만,

그 아이는 칠 년인가 팔 년짼가였다. 주훈이 눈짓으로 기타 하나를 가리켰다. 세형이 기타를 들고 셋이 화음을 맞췄다. 세형의 손이 굳었는지 빗나가는 음이 많았다. 그러나 세형은 흥이 올랐다. 희한하게 주훈과 함께 화음을 맞추다 보면 피부의 솜털이 일어나고 몸이 뜨거워지는 짜릿함을 맛보곤 했다. 두어 곡 더 연주를 하고, 고등학생은 돌아갔다.

"밴드는 잘 돼?"

주훈이 냉장고에서 오렌지 주스를 꺼내 와 권하며 물었다. 세형은 긴 유리잔에 담긴 주스를 단숨에 들이켰다. 식도와 위장이 다 시원했다.

"대학가요제 나갔었어요. 제 자작곡으로."

"호, 그래?"

"예, 본선에 올라가서 부산에도 다녀왔어요."

"잘했네. 언제 한번 들어 보자. 그래, 대학 생활은 어때? 할 만해?"

주훈이 형편없이 망가진 기타를 무릎 앞에 놓으며 말했다. 주훈은 늘 바빴다. 연주단의 연주회 준비를 위한 연습에다 아이들을 가르치고, 악기 수리까지 다 직접 했다. 버려야 할 정도로 망가진 기타도 주훈의 손을 거치면 청아한 소리를 냈다. 세형이 주훈의 악기 수리를 돕기 위해 가까이 앉아서 드라이버를 들어 주며 대답했다.

"할 만하지 않아요. 그만두려고요."

주훈이 고개를 들어 세형을 바라보았다. 눈은 "왜?" 하고 묻고 있었다. 세형이 피식 웃었다.

"사실 그만둘 용기도 없어요. 처음부터 별로 대학 갈 생각 없었는데, 딱히 할 것도 없고……. 좀 더 놀아야겠는데, 그러자면 대학이라도 가야 할 것 같아서 갔죠. 아빠 엄마한테는 미안한 일이죠. 돈을 많이 쓰니까."

"그래? 거참, 만만치 않은 일이군. 그런데……."

주훈의 말이 더 이어질 것 같은데, 거기서 멈췄다. 뭔가 할 말을 찾는 눈치였다. 잠시 침묵 속에 손은 부지런히 기타를 닦고 조임쇠를 조였다. 세형도 주훈의 다음 말을 기다려 주느라 말을 참고 있었다. 이윽고 주훈이 입을 열었다.

"설마 무슨 콤플렉스 같은 거 있는 건 아니지?"

"콤플렉스요? 왜?"

"나는 그런 게 좀 있었거든. 난 중졸이잖아. 아무리 기타에 전문성을 갖고 있어도 일단 날 무식하게 보더라고."

"지금은 없어졌나요? 콤플렉스."

"많이 나아졌지. 난 내가 좋아하는 일을 하면서 밥 먹고 살잖아. 결혼도 하고. 이게 어디 쉬운 일이야? 난 내가 자랑스러워, 가끔이 아니라 자주."

"아이구, 부러워요. 샘."

진심이었다. 세형은 진심으로 주훈이 부러웠다. 요즘 스스로 생각해도 영 형편없는 것 같은 자신이 안쓰러웠다. '자기 연민은 죄악'이라는 어떤 소설의 글귀가 가슴 아팠다. 뭘 해서 먹고살아야 하는지에 대한 고민으로 온통 마음이 답답했다. 열정을 불사를 그 무엇도 없었다. 그저 여행이나 다니고 하루하루 마음 편하게 살았으면 좋겠다. 세형은 그런 자신이 잉여인간 같다는 생각도 들었다. 동생 세원이나 대학 친구들에겐 '잉여로 사는 것도 재미있어.'라고 했지만, 재미와 가치는 다른 차원이었다. 언제까지 잉여로 살 수 있는 건 아니라는 걸, 세형도 무척이나 잘 알고 있었다. 얼마 전 할머니 생신에 친척들이 다 모였을 때 세형은 절실하게 느꼈다. 고3인 사촌 동생 세중 때문이었다. 서울 송파에 있는 고등학교에 다니는 세중은 서울대에 이미 입학이라도 한 듯 친척들의 칭찬 세례를 받았다. 해마다 열 명 이상 서울대에 들어가는 학교인데, 세중은 전교 3등이라는 거였다. 세중에게 쏟아지는 칭찬의 말 속에 세형은 자신의 존재가 사라지는 것을 느꼈다. 잉여인간을 넘어 투명인간이 된 듯했다. 세형은 조용히 친척들의 무리를 떠나 구석방에 들어가서 잠을 잤다. 잠자는 게 가장 편한 일이었다.

"내가 뭘 할 수 있을까요? 세상이 원망스럽다는 생각도 들어요. 한편으론 후회도 되고요."

세형의 목소리가 잠겼다. 주훈이 기타에서 눈을 떼지 않고 말했다.

"원망스럽다니. 뭐가?"

"……예를 들자면 모두 서울대, 서울대 하는 거요."

"그건 뭐, 그럴 수밖에 없지. 거기 나온 사람들이 잘 먹고 잘살잖아. 누구나 부러워할 만하니, 부모가 되어선 자식이 거기 가면 좋지 뭐. 근데 원망하지 마. 원망하면 지는 거야."

"샘은 원망 안 했어요?"

"했지, 엄청. 해 봤는데, 나만 손해더라고. 사람들이 학력 갖고 뭐라 할 때 많이 아프기도 했어. 하지만 상처는 아물기 마련이더라. 기타에 매달릴수록 상처는 더 빨리 아물었어. 남을 원망하면 할수록 내 상처는 더 커져."

"제가 상처가 있나요, 무슨 상처일까……."

"생각해 봐. 자기 상처는 자기가 가장 잘 알아."

오랜만에 만난 스승과 제자는 시간 가는 줄 모르고 대화를 즐겼다. 기타 하나를 다 수리하고 화음을 맞춰 연주도 했다. 밤 열 시가 넘으면 연주를 안 하는 걸로 동네 사람들과 주훈은 약속을 했다. 주훈은 스무 세대 정도가 함께 사는 연립주택에 살고 있었다. 하지만 오늘은 괜찮다고 주훈이 말했다. 집 바깥은 번개가 번쩍거리고 우레가 울리고 장대비가 쏟아지고 있었다.

"저 소리에 우리 기타 소리는 다 묻힐 거야. 신 나게 한번 튕겨 보자."

주훈이 씩 웃으며 기타를 들고 일어섰다. 세형도 따라 일어섰다. 일렉 기타의 전자음이 온몸을 감고 돌았다. 짜릿한 흥분이 발바닥에서부터 스물거리며 올라오는 걸 세형은 느꼈다.

집에 돌아오는 버스에서 바라본 가로수는 바람에 휘어지며 춤을 추고 있었다. 나무의 잎사귀를 적신 빗물은 가로등 빛을 받아 하얗게 빛났다. 버스에서 내려 집으로 가는 길을 걸으며 세형은 일부러 우산을 펴지 않았다. 주훈의 말 한 조각이 빗소리에 섞여 반복되어 들려왔다.

'난 내가 자랑스러워, 가끔이 아니라 자주.'

세형은 얼굴을 젖혀 빗물을 받았다.

김 해 원…봄이 온다

스무 날 동안 배가 뜨지 못했다. 칼날처럼 매서운 바람에 성난 바다는 울부짖으며 육지로 달려들었다. 부둣가 계선주에 매어 놓은 빈 배들이 제 몸을 가누지 못하고 거센 파도에 휘둘렸다. 비늘이 눌어붙어 있는 뱃전에는 덕장에 내건 생선처럼 고드름이 주렁주렁 매달렸다. 광폭한 겨울 바다는 온종일 거칠게 뒤치며 허연 물거품을 뱉어 냈다.

배를 띄우지 못한 뱃사람들은 쉿내 나는 가래침을 뱉으며 부둣가 술집을 전전하다가 해가 떨어지면 빛바랜 점퍼에 목을 파묻고 동면하려는 짐승처럼 어슬렁어슬렁 집으로 돌아갔다.

이 항구에 고기 잡아서 먹고사는 뱃사람이 몇이나 되겠느냐고 일기죽대던 정육점 주인은 냉동고에 쟁여 놓은 고기를 도마 위에 얹어 본 게 언제인지 까마득했다. 배가 떠야 고기가 잡히고 그래야 육고기도 팔린다는 바닷가 마을의 이치를 뒤늦게 깨달은 정육점 주인은 노래방 주인을 부러워했다. 정육점 2층 노래방은 바다가 얼어붙어 영영 배가 뜨지 않는다고 해도 끄떡없을 거라면서, 지구가 내일 멸망한다고 해도 노래방 마이크를 붙잡고 있을 게 뻔한 교복 입은 것들을 미워했다.

정육점 주인이 뒤통수를 노려보거나 말거나 아이들은 참고서를 산다거나 겨울 실내화를 산다는 핑계로 받아 낸 돈을 노래방에 쏟아부었고, 삼십 분 보너스로 넣어 준 시간까지 꽉 채워 노래를 불렀다. 노래를 다 부르고 밖에 나서면 하늘은 낮게 가라앉아 있고, 바닷물은 검푸르게 변해 있었다.

아이들은 집으로 돌아가는 걸 험한 바다를 마주한 뱃사람처럼 두려워했다. 배를 타지 못하는 뱃사람의 자식들은 소주병을 끼고 앉아 있는 아버지의 시뻘건 눈을 보는 게 지겨워 밖으로만 나돌았다. 그중에는 평생 배를 탄 적이 없으면서도 괜히 얼굴을 찌푸리고 앉아 성적표는 언제 오는 거냐고 신경질을 부리는 아버지가 짜증 나서 합류한 아이들도 있었다. 아이들은 버스를 타고 바다도 아버지도 보이지 않는 읍내로 나갔다.

다행스럽게 호정이는 성가시게 굴 아버지가 집에 없었다. 그래도 호정이는 다리를 질질 끌며 읍내를 돌아다니는 아이들을 따라다니다 해가 떨어져서야 바닷가 언덕바지에 있는 집의 불빛을 마주했다. 삼십 년 동안 날 선 바람에 오갈 든 납작한 집에는 부뚜가에서 납작 엎드려 일하는 정 노인이 있다. 아침에 뭐라도 사 먹으면서 공부하라고 꼬깃꼬깃 접은 3000원을 호정이 손에 쥐여 준 정 노인은 군데군데 누렇게 탄 전기장판에 앉아 찢어진 고무장갑에 본드를 발라서 덧대고 있었다. 고무장갑처럼 정 노인의 추억도 버려지지 않고 기워지고 덧대어졌다.

오래전에는 말이다, 나도 큰 배를 탔었다. 코앞에만 나가는 거북 등 껍데기만 한 작은 배하고는 차원이 달랐지. 내가 타던 배는 길이 잘 들어 먼 바다까지 쌩쌩 잘 나갔다. 배만 잘 나간 것이 아니라 이 할애비도 잘나갔지. 날마다 만선이었다. 어느 해는 오징어로, 어느 해는 대게로 뱃머리가 기울 만큼 어창을 채워 돌아왔지. 고기가 많은 자리를 훤히 알아서 그 자리에 배를 딱딱 갖다 대니까 선주들이 나를 붙잡아 두려고 드잡이를 하기도 했더랬다. 어디 선주뿐이겠느냐. 포구 뒤에 있는 술집 여자들이 내 옆에 앉으려고 머리끄덩이를 잡은 게 한두 번이 아니야.

호정이는 저녁 밥상에서 길게 풀어 놓는 할아버지 얘기의 끝을 알고 있다. 배에서 내려 녹슨 닻처럼 포구에 묶인 할아버지 인생의 끝. 누엣결처럼 사라지고 마는 허망한 인생의 끄트머리를 호정이 단단히 붙잡고 있었다.

"할아버지, 나 알바해도 돼?"

"알밥? 그걸 한다고?"

"아니 아르바이트."

"아르바이트? 뭔 아르바이트?"

"방학 동안 읍내 햄버거 가게에서 일하면 안 되냐고. 중학생들은 다 해."

"햄버거 집이 그리 많나? 중학생들이 다 그 일을 할 만큼."

"그게 아니라……."

정 노인은 뚝배기에 끓인 된장찌개를 호정이 앞에 당겨 놔줬다.

“우리 땅에서 낳은 종자들은 햄버거 같은 빵 쪼가리 말고 우리 걸 먹어야 하는데…….”

“그게 하루 일당이 세다니까. 보충학습 오전에 끝나니까 읍내 나가서 얼마라도 벌면 좋잖아.”

“왜? 어디 돈 쓸 데가 있냐?”

“돈 쓸 데야 많지.”

정 노인은 말없이 밥상에서 물러나 앉아 리모컨으로 텔레비전 채널을 바꿨다. 텔레비전에서는 짬뽕을 팔아 매달 몇천만 원을 번다는 남자가 나와 주먹을 불끈 쥐며 말했다. 용기를 갖고 도전하십시오. 도전하는 사람만이 성공합니다. 당신도 험한 바다를 헤치고 나간 콜럼버스처럼 새 세상을 얻을 수 있습니다.

“콜럼버스가 어디 뱃사람이고? 뭐 고래라도 잡았는갑네. 팔자를 고친 걸 보면.”

“할아버지 저거 봐. 도전하는 사람이 성공한다잖아.”

“성공? 그런 거 아무짝에도 쓸모없다. 인생이 험한 바다라 치면 성공은 오징어배 집어등 같은 기라. 집어등을 켜 놓으면 대낮처럼 밝지. 그 불에 눈이 익으면 불이 꺼진 뒤에는 세상이 깜깜 절벽이라. 성공에 취해 있다가 벼랑 끝으로 떨어진 사람들이 한 둘이더냐. 나도 젊어서는 성공한 뱃놈이었지만…….”

"아르바이트하면 경험도 되고 좋잖아. 돈 모아서 대학 갈 때 쓸게."

호정이는 할아버지의 네버엔딩 스토리가 이어지기 전에 얼른 말을 자르며 끼어들었다. 정 노인은 텔레비전에 눈을 박은 채 목소리를 낮췄다.

"할애비는 대학 졸업장 같은 거 없어도 배 박사, 바다 박사였어……."

"대학 졸업장 없으면 사람대접 못 받는대. 아무튼, 방학 때만 한다고……."

"너같이 어린것들 일 부려 먹는 놈들이 돈은 제대로 주겠냐. 괜히 고생만 하는 거지."

정 노인은 부둣가에서 오징어 얼릴 얼음을 나르고, 도루묵 넣은 궤짝을 옮기면서도 세상을 훤히 꿰뚫어 보고 있었다. 1월 말이 되어서야 자리가 난 햄버거 가게는 다리가 퉁퉁 붓도록 일을 시켰지만, 한 달을 일해도 서울 애들이 흔히 입는다는 파카 하나 살 돈을 주지 않았다. 히말라야 오를 때나 입어야 제값을 한다는 파카는 석 달을 일해야 겨우 사는데, 그때면 여름이 코앞이다. 그리고 내년 겨울이면 히말라야가 아니라 평균 기온이 영하 63도라는 화성이나 그보다 좀 더 추운 평균 기온 영하 100도인 목성에 가야 제값을 할 더 비싼 파카가 나올 것이다.

그래서 기분이 정말 뭣 같다는 수현이는 햄버거 가게에서 십 개월을 일한 경력자였다. 수현이는 손님이 없는 틈에 튀긴 감자를 슬쩍 집어 먹으면서 물었다.

"넌 알바비로 뭐 할 거야?"

"아직 안 정했는데……. 저금도 좀 하고요."

"저금은 무슨! 그리고 정할 게 뭐가 있어. 사고 싶은 거 사면 되지. 하긴 나 중딩 때는 돈 쓸 일이 없었다. 근데 요즘 중딩들은 왜 그렇게 화장을 진하게 하고 다니냐. 화장품값을 다 어떻게 당하려고. 우리 때는 아이라인도 티 안 나게 했는데, 요즘 중학교 교문 앞에 가 보면 아이라인을 진하게 그린 너구리들이 어찌나 많던지. 너구리 굴도 아니고. 다들 귀도 두 개씩 뚫었더라. 그러니 부모들 등골이 휘지. 화장품값까지 대려면."

철없는 여중생을 걱정하는 여고생은 주머니에서 아이라이너를 꺼내더니 휴대전화에 얼굴을 비쳐 보면서 아이라인을 고쳤다.

"너 방학 끝나고도 나와. 몇 달은 해야 그나마 돈 좀 모으지. 푼돈 쓰는 것보다 목돈 모아서 제대로 된 거 사는 게 남는 거야. 근데 뭐 살 거니?"

알바 선배이자 인생 선배인 수현이는 알차게 돈 쓸 방법을 조목조목 알려 줬지만, 호정이는 뭘 할지 선뜻 정하지 못했다. 하고 싶은 게 없어서가 아니다. 하고 싶은 게 너무 많아서 괴로웠다. 짝퉁이 아니라 진짜 브랜드가 한쪽 가슴에 선명하게 새겨져 있는 파카도 사고 싶고, 휴대전화도 바꾸고 싶었다. 너구리처럼 번지지 않는 좋은 아이라이너도 사고 싶고, 귀도 하나 더 뚫고 싶었다. 아이들하고 읍내에서 닭갈비도 먹고 싶고, 서울로 음악 프로그램 공개방송도 보러 가고 싶었다. 호정이는 햄버거가 살을 찌울 뿐만 아니라 욕망도 키운다는 걸, 손님이 뜸한 시간 햄버거 하나로 급하게 저녁을 때우면서 깨달았다. 욕망은 가속페달을 밟은 것처럼 질주해서 스무 개의 햄버거를 먹을 때쯤에는 제풀에 지쳐 아무것도 원하지 않게 되어 버렸다.

"뭘 하고 싶니?"

3학년 개학 첫날부터 진로 상담을 시작한 담임은 방실방실 웃으면서 호정이를 바라봤다. 선생이 된 지 이 년 된 초보라며 등에 '다섯 시간째 직진, 저도 제가 가장 무서워요.'라고 써 붙일 판이라고 해 반 아이들을 웃긴 선생님은 예뻤다.

"하고 싶은 게 없는데요."

"그래, 아직은 그렇지. 그래도 꿈을 가져야 해. 꿈을 갖지 않은 사람과 꿈을 가진 사람은 달라. 오늘부터 생각해 봐. 그리고 얼마 있다가 다시 상담하자. 참, 할아버지는 건강하시니?"

"네?"

"할아버지 한번 뵙고 싶은데, 언제 한번 찾아갈게."

초보는 마구 달린다. 그래서 초보는 무섭다. 그보다 더 무서운 건 나도 이제 좀 달린다 싶어 앞차가 끼어들면 저도 모르게 욕을 뱉으며 뒷유리에 붙인 '초보' 경고문을 떼어 버렸을 때다. 호정이는 중학교 1학년 때 담임을 떠올렸다. 말썽 부리는 남자아이를 붙잡으러 집으로 읍내로 쫓아다니다가 그 아이가 끝내 학교로 돌아오지 않자, 반 아이들 앞에서 울며불며 선생 노릇하기 힘들다고 했던 초보 선생은 교무실에서 자기 지갑이 없어지자 바로 경찰을 불렀다. 한 학년이 세 반밖에 되지 않는 작은 학교가 발칵 뒤집히고, 문제아로 찍힌 여러 명이 용의자로 의심받았다. 그중 하나인 재형이는 호정이네 옆집에 살았다. 툭하면 학교를 빠지던 재형이는 그 일이 있고 나서 아예 비뚤어졌다. 물론 그건 선생 책임이라고만 할 수 없었다.

"밀물 때 썰물 때 뱃머리를 곧게 하려고 배꼬리에 다는 걸 몽깃돌이라고 안 하나. 몽깃돌은 하나가 아니라 여러 개가 있다. 사람도 마찬가지다. 곧고 바르게 자라려면 한 사람 가지고는 어림 반 푼어치도 없지. 애들이 바로 되려면 세상이 바로 되어야 한다."

정 노인은 마루에 앉아 비뚤어진 녀석이 서울로 가출했다가 잡혀와 두들겨 맞는 소리를 들으면서 중얼거렸다. 내복 위에 목도리를 두른 정 노인은 호정이가 가져온 햄버거 포장지를 조심스럽게 풀었다. 두툼한 더블불고기버거는 햄버거 가게 점장이 준 위로금 같은 거였다. 햄버거 가게 주인의 조카인 점장은 삼 년째 놀고 있다는 친구의 동생의 친구에게 호정이 자리를 내줬다. 하루아침에 느닷없이 해고된 호정이는 더블불고기버거가 든 봉지를 들고 읍내를 돌아다니다 할아버지 목도리를 사서 돌아왔다. 정 노인은 햄버거를 한입 베어 먹고는 주춤주춤 일어나 냉장고에서 김치 종지를 꺼내 왔다.

"알바는 다 한 거냐?"

"응."

호정이는 제 방에 엎드려 과제로 써내야 하는 종이를 앞에 두고 끙끙거렸다. 종이 윗부분에 인쇄된 '나의 꿈 청사진'을 뚫어지게 들여다봤지만, 뭐라 적을 말이 떠오르지 않았다. 아르바이트로 번 돈 지출 목록을 적는 것도 힘든 판에 십 년 뒤, 이십 년 뒤 자신의 모습이라니……. 아예 국가 경제 5개년 계획을 쓰라고 하지. 호정이는 햄버거에 김치를 얹어 먹는 할아버지를 쳐다봤다.

"할아버지는 내가 뭐가 되면 좋겠어?"

"뭐가 꼭 돼야 하간?"

"학교에서 뭐가 될 거냐고 묻잖아."

"배를 띄워 봐라. 기껏 진로를 정해서 가도 허탕 치고 올 때가 다반사다."

할아버지는 손마디가 툭툭 불거진 거친 손으로 김치를 찢어 햄버거 위에 얹었다.

"무슨 소리야? 내 꿈을 적어 가는 게 숙제라니까. 할아버지는 젊었을 때 뭐 되고 싶은 게 없었어?"

"있었지."

"뭐?"

"할애비는 서울 가서 구두 장사 하고 싶었다. 옛날에 아버지 따라 처음 서울을 갔는데, 우리 아버지, 그러니까 네 증조부가 암에 걸려서 서울 큰 병원에 갔더랬다. 기차를 타고 갔는데 서울역 근방은 온통 구두 가게더라. 세상 사람들이 신는 구두는 다 거기서 만들어져 팔리는 것처럼 얼마나 많은지. 그때 나는 낡은 운동화를 신고 있었는데, 군데군데 희끄무레하게 물이 빠져 있었지. 그 신발을 신고 반질반질한 구두를 진열해 놓은 구두 가게를 지나는데 거기서 일하는 총각들이 내 신발을 보고 히죽히죽 웃지 뭐냐. 그래서 생각했지. 그래, 내가 고래 한 마리 잡아서 돈 벌면 여기 구두 가게 하나 산다고. 그때 우리 아버지는 병원서 치료해도 오래 못 산다고 해서 집에 와 석 달 있다가 돌아가셨다."

"그래서?"

"그러니까 인생이 마음대로 안 되는 거지. 고래도 못 잡고, 구두 가게도 못 하고, 아버지는 돌아가시고……."

정 노인은 햄버거를 싼 포장지에 묻은 소스를 혀로 핥았다. 호정인 오래전 햄버거 가게에서 할아버지처럼 포장지에 묻은 소스를 혀로 핥던 아빠가 생각났다.

"아빠는 뭐가 되고 싶었대?"

"말을 안 했어. 늬 엄마 데려오고 나서야 얼굴 마주하고 말했지, 그 전까지는 집 밖으로만 돌고 말을 안 했어. 과묵했지."

정 노인은 씻는다면서 목욕탕으로 들어갔다.

딸을 남쪽 바닷가 마을에 툭 던져 놓고 겨우 일 년에 한두 번 전화해서 잘 있냐고 묻는 과묵한 아빠는 뭐가 되고 싶었을까? 오래전에 애 딸린 남자를 만나 재혼했다는 엄마는 뭐가 되어 있는 걸까?

호정이는 방바닥에 벌렁 드러누워 양 끝이 새까맣게 그을린 형광등을 뚫어지게 쳐다봤다. 형광등의 꿈은 빛이 없는 세상을 밝히다가 까맣게 산화하는 것이었을까? 뭐 그러거나 말거나.

호정이는 할아버지 목도리를 사고 남은 아르바이트 급료 39만 4000원이 든 봉투를 집어 형광등 불빛에 비쳐 봤다. 머리를 틀어 올린 신사임당이 희미하게 보였다. 신사임당의 꿈은 현모양처고, 호정이의 꿈은…… 39만 4000원이다. 이걸로 뭘 하지?

한참 만에 목욕탕에서 나온 정 노인은 물기 짠 수건을 옷걸이에 널어 호정이 방문 안쪽 문고리에 걸었다.

"호정아, 나는 니가 뭐가 안 돼도 좋다. 그래도 뭐가 되고 싶은데, 필요한 게 있으면 할애비한테 얘기해라."

"고래 잡아서 해 주려고?"

초보 샘—아이들은 내내 직진 중인 담임을 그렇게 불렀다—은 아이들의 꿈을 정해 주느라 바빴다. 쉬는 시간마다 반 아이들을 하나하나 불러 '나의 꿈 청사진'을 펴 놓고 상담을 했다. 미용사가 꿈이라던 지희는 사람만큼 개도 꾸미는 시대가 오고 있다는 초보 샘 말에 애견 미용사가 되기로 했고, 가수 오디션 프로그램에 나갈 거라고 벼르던 정석이는 수학 성적이 무척 우수한 관계로 꿈을 반도체 공학자로 수정하면서 가수의 꿈을 접었다. 볼에 시퍼런 멍이 든 재형이는 초보 샘한테 불려 가 십 년 후에는 늘씬하고 예쁜 여자와 한강 유람선을 타고 있을 것이고, 이십 년 후에는 여자하고 스포츠카를 타고 우리 항구로 여행 와서 대게를 잔뜩 먹을 거라는 터무니없는 '꿈의 청사진'을 적어 냈다.

"초보 샘이 그것도 꿈이라더라. 맞는 말이잖아. 어떤 여자하고 결혼할지, 그 여자하고 무얼 할지 꿈꾸는 것만큼 구체적인 꿈이 있냐? 초보 샘이 잘 썼다고 칭찬했다."

재형이는 득의만만한 표정을 지었다. 게임 프로그래머가 되겠다는 아이가 재형이에게 진지하게 물었다.

"스포츠카? 람보르기니야?"

"람보르기니도 괜찮지만, 나는 페라리가 좋다. 빨간색 페라리를 몰고 항구에 딱 대 놓으면, 우리 아버지 배 타고 항구로 들어오다 놀라 자빠지겠지."

재형이는 운전대를 잡은 시늉을 하면서 앞자리에 앉아 있는 호정이 의자 다리를 발로 툭 쳤다.

"정호정! 초보 샘이 다음은 너 오라던데. 넌 뭐라고 썼냐?"

"신경 끄셔!"

호정이는 책상에 올려놓은 국어책 책장을 휙휙 넘겼다. 호정이는 친한 아이들한테도 '꿈의 청사진'을 보여 주지 않았다. 나름 끙끙거리면서 진지하게 적었는데, 써 놓고 보니 우스웠다.

정말 초보 샘은 호정이가 쓴 글을 보고는 교무실에 있는 선생님들이 다 듣도록 깔깔 웃었다.

"어머, 호정아! 선생님이 네 청사진 보고 한참 웃었잖아."

지금도 웃잖아요. 호정이는 속으로 중얼거리며 초보 샘 책상 앞에 놓인 의자에 어정쩡하게 앉아 가렵지도 않은 목 뒷덜미를 긁어 댔다.

"십 년 후에 읍내 햄버거 가게를 접수해서 공정하게 알바생들을 모집해 알바비를 다른 가게보다 두 배로 줄 것이다. 그리고 돈을 모으면 항구에도 햄버거 가게를 내서 할아버지가 점장을 하도록 할 것이다. 이십 년 후에는 서울에도 햄버거 가게를 내서 돈을 더 많이 벌 것이다."

초보 샘은 옆자리에 앉은 국어 선생한테 호정이의 청사진을 읽어 줬다. 호정이는 부끄러워서 얼굴이 화끈 달아올랐다. 초보는 도무지 앞뒤를 가리지 않고 달린다. 이 년 차 초보 샘은 호정이의 야무진 미래를 침이 마르도록 칭찬하고는 아예 호정 햄버거를 개발하라고 부추겼다. 그러려면 요리사 자격증이 필요할 거라는 말도 덧붙였다.

"부산에 유명한 요리 고등학교도 있어. 그런 학교에 가도 좋지.

호정이는 성실해서 도전해 볼 만할 거야. 어때?"

햄버거 가게만 접수하려고 했던 호정이는 뜬금없이 요리사가 될 판이었다. 호정이는 교무실에서 나와 복도를 걸으면서 정말 요리사가 되어도 좋을 것 같다는 생각을 했다. 요리사가 되면 햄버거 가게가 아니라 칠성급 호텔 주방장도 될 수 있는 거 아냐? 호정이는 왁자지껄한 교실에 들어서면서 요리사가 되기로 마음먹었다.

"정호정! 너는 뭐가 된다고 했냐?"

책상에 다리를 올려놓고 앉아 있던 재형이 발끝으로 호정이 의자를 툭툭 쳤다. 호정이는 벌떡 일어나 재형이 책상을 걷어차 넘어뜨렸다. 느닷없이 당한 재형이는 책상과 함께 바닥으로 고꾸라졌다.

"나, 요리사가 될 거다. 왜? 너 한 번만 더 내 의자 건드리면 그날로 죽는다."

"요리사? 너 요리할 줄 알아?"

재형이는 아무렇지도 않다는 듯 일어나 책상을 바로 세워 놓으며 또 호정이 의자를 발로 툭 찼다.

"너, 정말! 의자 건드리지 말랬지."

호정이가 버럭 소리를 질러도 재형이는 태연했다. 초등학교 때부터 서로 으르렁대 온 둘은 이제 웬만한 일로는 노여워하지 않는다. 재형이는 바닥에 책상이 넘어질 때 쏟아진 책을 주워 올리며 말했다.

"요리사 그거 되려면 자격증을 따야지."

"요리 고등학교 갈 거야."

호정이는 대뜸 말을 꺼내 놓고 움찔했다. 요리 고등학교라는 게 있다는 걸 안 지 십 분도 채 되지 않았다. 그 학교가 어디에 붙어 있는지, 뭘 하는지도 모르는데 입학을 하겠다고? 호정이는 얼른 입을 다물었는데, 도리어 다른 아이들이 아는 체를 했다. 사촌 형이 그 학교에 갔는데, 입학하려면 성적이 좋아야 한다는 둥 요리 대회 수상 경력이 있어야 한다는 둥 요리 학원에서 배워야 한다는 둥 주워들은 정보를 쏟아 냈다. 재형이는 호정이 의자를 또 툭 찼다.

"정호정! 포항에 요리 학원 있더라. 거기 다녀라!"

호정이는 재형이 말에 귀가 솔깃해 자율학습 시간에 포항에 있는 요리 학원을 찾아 전화를 해 봤다. 전화를 받은 여자는 고등학교 진학반 삼 개월 과정이 있다고 설명했다.

"돈은 얼마나 드나요?"

"수강료는 50만 원이에요. 학생, 상담 한번 받으러 와요."

호정이는 전화를 끊고는 공책에 셈을 해 봤다. 아르바이트해서 번 돈 39만 4000원에 용돈 모은 것 3만 원. 여름방학 때까지 7만 6000원만 모으면 학원에 갈 수 있다. 용돈을 모으면 충분하다. 39만 4000원이 꿈을 꾸게 할 줄은 몰랐다. 호정이는 뜨거운 불

앞에 선 것처럼 화끈대는 양 볼을 손으로 감싸며 창밖을 내다봤다. 새파랗게 얼어 있던 하늘이 누그러지고 있었다. 봄이 오고 있었다.

대게가 풍년이었다. 어둠이 진을 치고 있는 포구는 이른 새벽부터 떠들썩했다. 낮게 깔린 해미가 무르춤 물러나고 어슴푸레하게 날이 밝으면 바다에 나갔던 대게잡이 배들이 포구로 돌아왔다. 바다 끝이 붉게 물들며 동이 트면 어판장에 쏟아 놓은 대게는 항구 뒷산에 피어나는 복사꽃처럼 연분홍빛으로 보였다. 뱃사람들에겐 꽃놀이가 따로 없었다. 대게를 어판장에 부려 놓고 그물을 손질해서 다시 바다로 나가는 배에서는 쿵작쿵작 트로트가 흘러나왔다. 선주들은 기름값을 감당 못 해 정박해 놓았던 작은 배들까지 모두 바다에 띄웠다. 일손이 모자라 칠순이 넘은 정 노인도 배를 탔다. 정 노인은 배에 오르기 전날 밤이면 호정이 앞에 등 돌리고 앉아 파스를 내밀었다.

"양쪽 어깨에 붙여 봐라."

"병원 가야 하는 거 아냐?"

"아파서 붙이는 게 아니라니까. 파스 이게 보호대 같은 거다. 이렇게 어깨에 뜨끈뜨끈한 파스를 붙여 놓으면 담도 안 걸리고……. 할애비는 박달대게만 그물에서 잡아채는데, 나만큼 잘하는 사람이 없으니 쉴 틈이 없다. 젊은 녀석들도 내 체력을 당하질 못하더라. 삼십오 년 동안 바닷바람에 단련된 몸이니까."

말은 그렇게 했지만, 정 노인은 새벽에 일어날 때면 앓는 소리가 절로 났다. 새벽 2시 30분에 맞춰진 시계 알람 소리에 눈은 번쩍 뜨였지만, 축 늘어진 몸은 방바닥에 들러붙은 듯 일으켜지지 않았다. 부두에 나가 자판기에서 커피를 한잔 뽑아 마시고 나야 뻑뻑하던 뼈마디가 제대로 움직였다.

호정이는 할아버지가 배를 타고 나가 집을 비운 동안 혼자 밥을 챙겨 먹었다. 요리사가 되기로 마음먹은 뒤로는 할아버지가 하는 대로 된장찌개도 끓여 봤다. 학교에서는 틈만 나면 짝 준오의 휴대전화로 요리 고등학교 정보나 요리 경연 대회 정보를 찾아봤다.

"너도 스마트폰 하나 사라. 요새 2G폰 쓰는 사람이 어딨냐? 알바도 했잖아!"

자율학습 시간에 실컷 자다가 일어나 코를 후비던 재형이가 휴대전화를 들여다보고 있는 호정이를 참견했다. 호정이는 못 들은 체했다.

"근데 뭘 그렇게 보냐? 야동 보냐?"

재형이는 호정이 의자 다리를 발로 툭툭 밀었다. 그래도 호정이는 미동도 하지 않았다. 재형이는 입을 비죽대다 벌떡 일어나 호정이 손에 들려 있는 휴대전화를 낚아챘다.

"야!"

호정이가 소리를 지르면서 달려들자 재형이는 휴대전화 든 손을 위로 뻗은 채 교실 뒤로 달려가 창문 난간에 펄쩍 올라갔다. 호정이는 재형이의 양쪽 다리를 우악스럽게 잡고 흔들었다.

"너 당장 안 내려오면 정말 내 손에 죽는다."

"계집애가 뻑하면 죽인다 살린다 그러냐. 살벌하게! 근데 너 야동 보는 거 맞지?"

재형이가 휴대전화를 들여다보려는 순간 호정이가 재형이의 다리를 앞으로 잡아챘다. 발을 뻗디디고 서 있던 재형이는 한쪽 무릎이 꺾여 비틀대다가 그만 손에 쥐고 있던 휴대전화를 떨어뜨렸다. 둘의 소란을 멀뚱히 바라보던 아이들은 휴대전화가 재형이 손에서 벗어나 창문 시멘트 턱에 부딪히고 다시 책상 모서리에 찍힌 뒤 교실 바닥으로 낙하하는 결정적 순간을 지켜봤다.

휴대전화 주인인 준오는 입을 쩍 벌리고 있었다. 호정이는 액정이 방사형으로 금이 가면서 산산조각이 난 휴대전화를 주워 들고 준오를 쳐다봤다. 얼이 빠진 준오는 호정이를 보면서 중얼거렸다. 그 휴대전화 바꾼 지 두 달밖에 안 됐는데…….

휴대전화는 액정만 깨진 게 아니었다. 다음 날 준오는 울상인 얼굴로 호정이와 재형이에게 휴대전화 액정이 깨지면서 메인보드도 흠집이 나서 수리비만 30만 원이 든다고 말했다. 호정이는 가슴속에서 뭔가 툭 끊어지는 것 같았다.

"야, 그냥 내 거 써. 내가 알바를 뛰든지 해서 새 걸로 사 줄게."

재형이는 낡은 제 휴대전화를 준오 앞에 내놓았다. 준오는 한숨을 푹 내쉬었다. 호정이는 바짝 붙어 서 있는 재형이를 팔꿈치로 확 밀쳤다.

"준오야, 미안해. 오늘 학교 끝나고 우리 집 쪽으로 와. 수리비 물어 줄게."

"야, 정호정! 니가 돈이 어딨어? 할아버지도 배 타고 나가셨잖아."

재형이가 호정이 팔을 슬쩍 붙잡았다.

"알바비로 휴대전화 바꾸라며? 네 말대로 됐네!"

호정이는 재형이 손을 있는 힘껏 뿌리쳤다. 마음 같아서는 재형이를 창문 밖으로 집어 던지거나 사물함에 구겨 넣어 버리고 싶은 걸 꾹 참았다.

호정이는 그날 저녁 30만 원을 준오한테 주고는 혼자 노래방으로 갔다. 얼룩덜룩한 소파 귀퉁이에 걸터앉아 선곡집을 들여다보는데 눈물이 뚝 떨어졌다. 호정이는 손등으로 눈물을 쓱 훔치고는 노래를 고른 뒤 마이크를 들었다. 사랑 타령이나 하는 노래가 분노를 삭여 주거나 슬픔을 위로해 줄 리 없었지만, 호정이는 무대에 선 가수처럼 최선을 다해 불렀다. 흥겨운 노래를 부를 때는 탬버린을 흔들면서 소파 위에 올라가 펄쩍펄쩍 뛰었다. 노래방 주인은 늘 그렇듯이 삼십 분을 서비스로 넣어 주었다.

호정이가 노래방에서 나왔을 때는 세상이 온통 깜깜했다. 호정이는 부두 쪽으로 터덜터덜 걸어갔다. 새벽에 깨어나야 하는 부두의 짧은 밤은 몹시 어두웠다. 호정이는 비린내가 배어 있는 어판장에 서서 포구 끝에 있는 등대 불빛을 물끄러미 쳐다봤다. 배는 등대의 불빛을 따라 제 길을 찾겠지만, 호정이가 갈 길을 비춰 주는 것은 어디에도 없었다.

요리사는 개뿔. 호정이는 바다 쪽으로 침을 뱉고는 돌아섰다.

"이게 누꼬? 우리 손녀 호정이 아이가!"

호정이가 부두를 빠져나오는데 어판장 끄트머리에 있는 술집에서 정 노인이 나왔다. 검은 봉지를 손에 든 정 노인은 호정이를 보고는 허든대며 걸어왔다.

"할아버지 술 마셨어?"

"마셨지. 마셔도 아주 많이 마셨다."

"이건 뭐야?"

호정이는 정 노인 손에 든 검은 봉지를 받아 들었다.

"할애비가 오늘 기분이 좋아서 쇠고기 두어 근 샀다."

"비싼 쇠고기는 뭐하러 사."

"뭐하러 사긴. 우리 손녀딸 구워 먹이고, 볶아 먹이려고 샀지. 호정아, 할애비가 오늘 고래를 잡았다!"

"고래?"

호정이는 걸음을 멈추고 정 노인을 쳐다봤다. 정 노인은 고개를 끄덕이면서 양팔을 들어 크게 벌려 보였다.

"고래가 얼마나 큰지 3미터도 넘는 놈이더라."

"정말?"

"암만, 정말이지. 할애비가 투망해 놓은 그물에 커다란 고래가 딱 걸렸다니까."

"그래서?"

호정이는 얼마 전 어떤 선장이 그물에 걸려 죽은 고래를 팔아 수천만 원을 벌었다는 소문을 떠올렸다. 정말 할아버지가 고래를 잡았다면 요리 학원도 요리 고등학교도 문제 될 게 없었다. 호정이는 가슴이 두근거렸다.

"할아버지, 그래서? 고래를 팔았어?"

"같이 배에 탄 사람들이 그러더라. 그물에 걸린 거 놔두면 곧 죽을 테니까 기다렸다가 팔면 된다고. 근데 고래가 멀쩡히 살아서 눈을 끔벅거리는데 그럴 수 있나. 그래서 할애비가 그물을 칼로 끊어 풀어 줬다."

"풀어 줘?"

"그래 풀어 줬다. 놔줘야지. 고래 잡는 게 불법인데, 죽기를 기다릴 수는 없지. 고래 그 녀석 그물에서 풀려나더니 물 위로 두 번이나 솟구쳐 오르더라. 고맙다고 인사하는 거지."

정 노인은 환하게 웃으면서 호정이의 어깨를 툭 쳤다. 호정이는 맥이 탁 풀렸다.

"할아버지 꿈이 고래 잡는 거였잖아."

"그랬지. 젊어서는 그랬지. 그때만 해도 고래를 잡을 수 있었으니까. 고래 잡으면 구두 가게 하고 싶었지. 그건 다 젊을 때 얘기고……. 젊을 때는 꿈을 가져야 하고, 늙어서는 꿈을 내려놓아야 행복한 거다."

"그러니까 고래는……."

"고래는 바다에 있지. 호정아, 얼른 가서 고기 구워 저녁 먹자."

정 노인은 호정이 손에 든 검은 봉지를 도로 빼앗아 들고는 비뚝거리며 비탈길을 올랐다. 호정이는 울컥 눈물이 나왔다. 호정이는 소매 끝으로 눈물을 찍어 내고는 하늘을 올려다봤다. 어두운 하늘에는 먹구름이 무겁게 내려앉아 별 하나 보이지 않았다.

"호정아!"

정 노인이 멈춰 서 뒤를 돌아봤다. 호정이는 걸음을 주춤하며 할아버지 눈을 피해 땅바닥을 내려다봤다. 정 노인은 노래를 흥얼거리듯 말했다.

"우리 손녀딸 꿈이 요리사라고? 아까 담임 선생님이 전화해서 그러더라. 우리 호정이가 학교에서도 잘한다고. 이 할애비가 오래 살아서 우리 손녀딸 요리사 되는 걸 봐야지."

호정이는 한 걸음 한 걸음 박아디디며 너무 달리는 초보 샘을 원망했다. 정 노인은 가파른 길을 다시 오르면서 중얼거렸다.

"아무 걱정 하지 마라. 할애비가 다 뒷바라지할 테니까."

정 노인은 허전대는 다리에 힘을 주면서 목소리를 높였다.

"호징아, 오늘 밤부터 눈이 엄청 온다더라. 춘설은 길조지."

"봄에 눈은 무슨 눈!"

호정이는 입을 삐죽거리면서 하늘을 올려다봤다. 하늘에서 희읍스름한 게 떨어지는 것 같았다. 호정이는 손바닥을 펴서 허공에 내밀며 중얼거렸다. 정말 눈이 오나.

이 책을 읽고자 하는 청소년 여러분에게 … 내일의 무게

여러분은 국어 시간에 문학작품을 읽고 해답을 찾아내는 활동에 익숙해 있습니다. 하지만 문학은 해답이 아니라 질문입니다. 더 정확히 말하자면 굳이 하지 않아도 되는 질문이지만 결국에는 할 수밖에 없게 되는 질문인 것입니다. 문학은 질문의 형태를 띠고 있기에 작품을 읽고 난 뒤 독자들에게 남는 것은 "그렇다면 인간이란 무엇인가? 삶이란 무엇인가?"라는 질문이지 인간과 삶에 대한 하나의 해답이 아닙니다.

물론 이런 질문에 지금 당장 응답하지 않아도 괜찮습니다. 사는 데 별 지장도 없고, 당면한 입시에 도움이 되는 것도 아니기 때문입니다.

그러나 억압된 것은 반드시 회귀합니다. 제대로 응답하지 않고 덮어 두고 간 질문들은 여러분이 어른이 되고 난 후에도 언제든지 되돌아와 더 아프게 두드릴 것입니다. 마치 같은 수두라도 어른이 되어 앓는 것이 어렸을 때 앓는 것보다 훨씬 더 아픈 것처럼 말입니다.

사람이 성장하는 데 있어 기기, 걷기, 말하기 같은 특정한 행동이 발달되는 '결정적 시기'가 있다고 합니다. 이 시기를 놓치면 다음 시기에 이런 발달과업이 보완되기 어렵다는 거지요. 이처럼 여러분이 성장하는 데 있어서도 특정 시기에 반드시 응답하고 넘어가야 하는 질문들이 있습니다. 어린 시절에는 어린 시절 나름의 질문, 청소년기에는 청소년기 나름의 질문 말이지요.

청소년기에는 나와 이 세상, 그리고 삶에 대한 질문이 폭발적으로 늘어납니다. 자아와 세계가 완전히 분리되면서 몸의 성장과 함께 자아의 확대가 급격하게 일어나기 때문이지요. 자아와 세계가 분리되면 나를 객관적으로 볼 수 있게 됩니다. 이제 더 이상 내 꿈은 대통령이라고 하지 않고 이 세상에서 내가 가장 잘생기고, 예쁘다는 부모님의 말을 믿지 않게 됩니다. 그리고 어떤 일을 하면서 평생을 살아야 하나에 대한 궁금증과 두려움도 구체적인 형태를 띠게 되지요.

이렇게 나의 정체성에 대한 질문이 늘어나고 호르몬의 영향으로 몸과 마음이 질풍노도를 겪다 보면 유년기에 다른 사람들과 맺었던 관계의 재설정이 일어납니다. 또한 미래와 진로에 대한 고민도 깊어지고, 타인과 나를 비교하며 느끼게 되는 열등감도 매우 커집니다. 그래서 문학작품을 읽는다는 것은 청소년들에게 아주 중요한 일입니다. 문학은 인간학이라는 말이 있을 만큼 작가들은 이런 문제에 천착하고 있기에, 문학작품을 읽는 것만으로도 큰 힘이 되기 때문이지요.

긴 인생을 살아가는 동안 고차방정식보다 더 어려운 삶의 문제들을 만나게 될 겁니다. 문학작품이 인생의 시뮬레이터는 아니지만, 문학작품이 던진 질문에 대한 답을 스스로 찾아가는 과정 속에서 여러분은 삶의 문제를 해결하는 데 도움이 될 심리적 자원을 얻게 됩니다. 문학작품이 문제집의 모범 답안처럼 정답을 주는 것은 아니지만 적어도 스스로에 대해 고민해 볼 기회를 줄 것입니다.

여러분이 풀어 나가야 할 이런 과제에 대해 우리 스물한 명의 작가들은 세 가지 방향에서 접근해 보고자 했습니다. 나를 둘러싸고 있는 것들은 무엇이며 어떻게 관계 맺어야 하는가, 나의 미래는 어디에서 어디를 향해 나아가고 있는가, 나를 특정한 방식으로 말하거나 행동하도록 충동질하는 이 열등감과 콤플렉스의 실체는 무엇인가가 그것입니다.

일 년이 넘는 작업 끝에 우리는 세 권의 책으로 이루어진 소설집 시리즈를 여러분에게 보냅니다. 『관계의 온도』 『내일의 무게』 『콤플렉스의 밀도』라는 대주제 아래 말입니다. 물론 이 테마는 그저 표지석에 불과할 뿐입니다. 이 주제에 얽매이지 않고 자유롭게 읽어 주기를 바랍니다.

그중에서도 이 책은 『내일의 무게』에 대한 단편집입니다.

먼 옛날 신분제 사회에서 사람들의 미래와 진로는 태어나는 순간 바로 결정되었습니다. 양반의 자식은 양반이, 농부의 자식은 농부가, 대장장이의 자식은 대장장이가 되었지요. 이런 사회에서 태어난 사람들은 자기 정체성에 대해 고민할 필요가 없었습니다. 그저 열심히 노력해서 자신에게 주어진 그릇을 제대로 채울 수 있느냐 없느냐의 문제만 달렸을 뿐이었습니다.

신분제가 혁파되고 사람들은 자유를 얻었습니다. 하지만 그것은 오로지 선물만은 아니었습니다. 주어진 자유만큼 어떻게 살아야 하는가, 즉 그릇 자체를 스스로 결정해야 하는 실존적 불안이 뒤따르게 되었기 때문입니다.

이런 불안감은 산업혁명, 정보통신혁명 이후 더욱 크게 증폭되고 있습니다. 산업혁명 이후 교통수단과 기계의 발달로 한 개인이 접해야 하는 세계는 폭발적으로 증가했습니다. 커다랗게 확장된 세계는 개인의 안정성을 위협합니다. 게다가 최근 시작된 정보통신혁명은 산업혁명이나 신분제 혁파 이상의 불안감을 제공합니다. 이 혁명은 예측이 불가능할 정도로 빠르게 여러 직업을 사라지게 하고 또 새로 만들어 내고 있습니다.

예전에는 젊었을 때 익힌 배움이나 기술만으로 평생을 먹고살 수 있었습니다. 하지만 지금은 이 배움이나 기술이 언제 쓸모가 없어질지 몰라 평생 동안 무언가를 계속 배우고 익혀야 한다는 강박에 시달리게 되었습니다. 기성세대는 미처 생각하지 못했던 미래의 불안을 우리 청소년 세대는 더 무겁게 겪고 있는 거지요.

게다가 청년 실업, 비정규직 문제는 나날이 심각해지고 있습니다. 모태부터 IMF 체제에서 살아왔던 청소년들의 미래에 대한 불안감, '무엇을 해서 어떻게 먹고살 것인가.'에 대한 불안감은 기성세대가 생각하는 것보다 훨씬 더 크리라 생각됩니다.

안타깝게도 여러분에게 힘이 되어 주는 것은 어른들과의 대화나 책을 통한 간접 경험일 텐데 어른들과의 소통의 통로는 나날이 좁아지고 있고, 이러한 불안을 해결해 나가도록 지혜와 용기를 주는 책도 많지 않은 듯싶습니다.

물론 이 작품집에 실린 소설이 이 땅의 청소년들의 미래와 진로 문제를 해결해 줄 만큼 충분하다고는 생각하지 않습니다. 그저 우리는 여러분에게 소박한 질문 하나를 던집니다. 여러분이 생각하는 미래와 진로는 어떠하냐고, 그리고 당신들만 그런 게 아니라고, 모두 각자의 길에서 이렇게 분투하고 있다고, 혹은 이렇게 사는 게 미래를 보장하는 장밋빛 청사진만은 아니라고, 혼자 불안해하지 말고 함께 생각해 보고 함께 이야기해 보자고 손을 내밀고자 합니다.

어떤 작가는 유쾌하고도 발랄한 목소리로, 어떤 작가는 SF 소설 양식을 빌려서, 또 어떤 작가는 미스터리 양식을 빌려서, 또 어떤 작가는 낭만적이면서도 둔중한 목소리로 여러분과 함께 여행을 떠나고자 합니다.

여러분의 어깨를 짓누르는 미래의 무게는 결코 가볍지 않습니다. 처해진 상황에 따라 느끼는 무게감도 다를 것입니다. 여기 실린 이 일곱 편의 이야기들이 각자에게 주어진 미래의 무게를 감당하는 데 도움이 될 것입니다.

우리는 이 책을 통해 어떤 교훈을 전하려고 하지 않습니다. 다만 질문을 던지고 싶었을 뿐입니다. 이 질문에 대한 해답을 찾아가는 길은 여러분의 몫입니다. 이 책과 함께 부디 즐거운 여행이 되기를 바랍니다.

_스물한 명의 작가를 대신하여 엮은이 유영진 드림